最後50個希望

顏志豪／著

THE LAST 50 HOPES

評審的話

宋如珊

得獎作品，除了文筆流暢細緻外，且以親情主題和寫實手法，脫穎而出。本作品以「刮刮樂」作為串連情節的重要物件，隱喻人生不可預知的未來，全篇手足親情寫來生動感人。

林文寶

在參賽作品中，本作品以特殊的題材——刮刮樂，吸引評審的目光。刮刮樂隱含著許多的社會意義與人性糾葛，光是書名就使人好奇，想要一窺究竟。沒想到，作者又慧心獨具的將《小王子》帶入故事。暗示純真的小王子與化身黑暗與希望的刮刮樂，互相交錯拉扯，可看性十足。

在情節鋪陳而言，可見作者的用心，伏筆的經營也不差，使得閱讀過程中，驚奇不斷。由於作者選擇第一人稱的敘述，使得讀者與角色間的距離，似乎更為靠近，高潮迭起的情節，緊抓讀者的心，在一次次的期待中，感到不可思議，充滿閱讀樂趣。

林煥彰

在這部作品中，隱含多少現實的心酸和血淚？值得讀者細細品味。作者成功以一個高中男生為主角作為核心，在少年成長過程中，孤單堅韌應付生活窘境，而展開令人不捨、感人的整個故事情節；我特別欣賞作者筆下的男孩，沉穩、進取、懂事，會省思、感恩，能照顧自己和妹妹，那份認命、負責、善良、貼心的心性。

父親在躲債、跑路之前，以一本一百張「刮刮樂」送給兒子、作為考了全校第一名的大禮，對一個中年失業男子沉迷於賭、仍把希望押在「刮刮樂」上，這樣的單親爸爸，其人生所剩的意義究竟在哪裡？這活生生的現實社會問題，真令人為之落淚！

陳木城

隨著故事的發展，走進一個破碎的家庭，進入故事主角小安和妹妹小公主的世界，面對這一對小兄妹的生活困境，有心酸有甜蜜，期待著沉迷賭博的爸爸回來，期待著刮刮樂中獎，一再的失望，卻永遠相信：「人生就像玩刮刮樂，不要放棄任何希望。」

作者筆下的少年小安的故事，用刮刮樂串結全篇，是一部構思靈巧，語言細膩，情節流暢，危機四伏，卻也處處轉機，前呼後應，令人讀來淋漓盡致，感人至深！

陳愛麗

這篇作品最大的長處在於文字樸直，不做作，但很能掌握一個講究理性、秩序、整潔的青少年心理、情緒與遇事的反應。既指敘事者「我」每晚睡前的固定儀式——玩刮刮樂，甚至連不知何時會出現在家門口的敘事者父親，他的失蹤與出現所帶給敘事者的期待與快樂也像是玩刮刮樂一般。小說結尾，作者更擴充「刮刮樂」的比喻到「人生」，取它們都具有的共同點：不到最後，我們都無從得知自己的結局。

鄭穎

青少年友情愛意夾纏的校園生活、需要被呵護的妹妹（小公主）……，唯一的依恃，是不在場的父親所留下的作為禮物的五十張刮刮樂每一次的刮開，是希望與絕望的更迭交替，情節藉此開展鋪陳，生活的重擔變成甜蜜的負荷。然而，厄運終究來臨，握緊刮刮樂不意味著喜必然天降。作者以飽滿的情節與戲劇張力，書寫愛的救贖力量。

最後50個希望

翻著一疊刮刮樂，重新數過後，果真還有五十張沒刮，等於仍有五十個希望沒破碎，只要還有一個希望存在，我就活得下去。

刮刮樂是老爸送我的禮物，就因為考了全校第一名。

其實，這也不是我第一次考了全校第一名，但卻是老爸第一次中了大獎，我收到一份大禮：一百張刮刮樂，外加一支白色的iphone4s。

白色的iphone4s，愈看愈覺得它是個藝術品——簡單、俐落、時尚。

最重要的是它很——乾淨。

而我喜歡乾淨。

老爸想得到送刮刮樂當作禮物，說真的——還滿酷的。

多虧他想得出來。

我坐在書桌前，準備刮第五十張刮刮樂。

「哥，我也要刮。」小公主說。

「妳還沒睡！」

我趕緊將刮刮樂，收進書桌的中間抽屜。

「小朋友不能玩刮刮樂。」

這句話乍聽之下有點道理，實際上卻像小朋友不能吃雞腳這類說詞一樣，脆弱、不合乎邏輯。

許多話真的不能被嚴肅檢驗的，只要傻傻的相信就好，人生將會過得比較愉快。

其實，小孩子總是有許多事被禁止，其理由很簡單——因為他們是小孩子，也就是大人想獨享其中滋味。

「哥，那麼我要聽故事。」小公主要求。

「好，書拿來。」

小公主興沖沖的起身，從紅色的塑膠殼書包裡，掏出一本小書，蹦蹦跳跳的到我眼前，把書本交給我。

才發現她的書包右邊鈕扣已經壞掉一邊。

這本書只比我的手掌大了一些，精小可愛，紫色的封面，有個小男孩，脖子上圈著一條顯眼的黃色圍巾。

「你們大人讀大書，我們小孩讀小書。」小公主笑咪咪的說。

「妳啊！」小公主的童顏童語，總能使得周圍的空氣新鮮。「怎麼又是《小王子》啊？」我笑著問，這次只是版本不同而已。

「因為小公主愛小王子啊。」小公主兩頰的酒窩清晰可見。

「那妳就不愛哥哥嗎？」我裝出吃醋的樣子。

「我兩個都愛。」

「如果只能選一個，妳會選誰？」雖然知道這是個白痴的問題，但我還是想問。

有時候問問題，並不是尋求答案，只是為了撒嬌。

「誰說一次只能愛一個，我的心很大，可以裝很多人。」小公主嘟著嘴。

「妳這個鬼靈精。」我用手指戳戳她的小腦袋。

冬天很冷，小公主趕緊鑽進開滿小花的棉被裡，只露出半顆頭來，兩條活潑的小辮子，已經在枕頭上安靜躺著，齊短瀏海覆蓋住她飽滿的前額，一雙水靈大眼睛定定盯著我瞧，期盼故事的開始。

她的眼神，真的很乾淨。

「哥哥，快唸啊！」

我也跟著跳到床上去，把枕頭立在床頭櫃上當作靠背，調整好姿勢後，再穿上溫暖的棉被，棉被真是冬天最棒的家。

「故事要開始了。」我清清喉嚨。

六歲的時候，我看到一本有關於原始森林的書，名字叫《自然界的故事》。上面有一幅驚人的圖畫；那是一條大蟒蛇正在吞食猛獸，那張畫就像這樣：

我把書拿到小公主眼前，書中是一幅大蟒蛇，正在吞食一隻看起來像狐狸，也有點像老鼠的動物。聽到這裡，小公主用手蒙起雙眼，直說：「好可怕。」演得好像大蟒蛇就在她的面前，表演吞食秀一樣，真是可愛。我回到書本，繼續讀下去：

書上說蟒蛇不經過咀嚼而吞下牠的獵物，所以不便於行動，牠們在消化過程中必須睡眠六個月。

這種原始森林使我想像了許久，終於用顏色鉛筆畫出了第一幅畫。第一幅圖是這樣的：

我再把書本拿到小公主的面前，指著書本上的圖，小公主哈哈大笑。書本上的圖，是由一筆簡單的線條組成，看起來像座山。我繼續讀著：

於是我將自己的這幅傑作給成人看，然後問他們害不害怕？他們說：「害怕？為什麼一頂帽子會使人害怕？」其實我畫的並不是帽子，而是一條蟒蛇正在消化一隻大象。

但是既然成年人不懂它，我就把蟒蛇的內部也畫了出來，這樣終於使他們明白了，他們總是要你解釋明白的。

第二幅畫是這樣：

我指著書本上的插圖，小公主再次哈哈大笑。書本上的插圖，畫了一個拱型線條代表著山的樣子，裡面住著一隻大象。

我繼續讀著：

這次他們勸我放棄這兩幅透明與不透明的蟒蛇圖，說我應該對地理、歷史、算術，及文法用功。我在六歲的時候就這樣放棄了遠大的繪畫前程。由於第一幅圖和第二幅圖的失敗，我已對繪畫失去了勇氣，成年人自己不會明白，他們需要說明，這常使孩子們感到厭倦。

因此我選擇了另外一種職業，我學習飛行。……

第一個章節已經結束。我瞄了小公主一眼，她的眼睛還是睜得老大。我只好再朝著第二章節，繼續將故事說了下去。

我孤獨的過著，簡直沒有一個談得來的朋友，直到六年前飛機在撒哈拉沙漠失事。我的發動機壞了，我既沒有帶機械師，也沒有旅客，只好獨力地試一試這個困難的修理工作。對我來說這是生死關頭，我只有夠一個禮拜喝的水。

第一晚我睡在離有居民的地方幾千里外的沙地上，我比一個在海洋中遇難乘木筏的水手更孤單。

天剛亮，我忽然被一種奇怪細小的聲音喚醒，你想那時候我是多麼地驚喜。

「對不起……請替我畫隻綿羊好嗎？」

「嗯！」

「替我畫隻小綿羊！」

我好像被雷擊中一樣地跳起來，擦擦眼睛仔細看看，呀！一個非常奇特的小人嚴峻地注視我。這就是我後來替他畫的最好的肖像。

……

……

就這樣我認識小王子。

小公主亢奮的情緒，隨著時間的流逝，慢慢的安靜沉澱下來，但是我仍舊專心唸著故事。

直到我唸完這一段的最後一個字，才察覺她已經沉沉的睡去。

我的眼神駐足在她睡著的模樣，忘記離開。

＊＊＊

睡意無聲無息的佔據大腦，我的眼睛已經不自覺的闔上。

在腦中隱隱有一股微弱的聲音忽隱忽現——你還有事情沒有完成，非起身不可。

我很清楚的知道，若是我還在為了要選擇起身，還是不起身而思考的時候，其實就已經掉入睡神的圈套之中，最後我會連怎麼睡著的都不知道。

因此，在我還來不及猶豫的時候，我大手將棉被一掀，使得冰冷鋒刃，讓我瞬間轉醒，這是我慣用的方法。

我套上夾克，坐在書桌前，打了幾個寒顫。

經過搓揉幾次雙手，為手心再找到多一點的溫度後，便伸手打開抽屜，剛才匆忙丟進去的刮刮樂，散落在抽屜裡，前面幾張已經沒有秩序，我重新依照序號排列，收整成漂亮的一疊。

據老爸說，這是當時最熱門的刮刮樂，叫做「百事可樂」，比起其他品項的刮刮樂，這款氣派許多，我嘗試用尺測量它的三圍：長二十五公分，寬十公分，大美人一個。

一百張刮刮樂堆疊起來，頗具份量，在我的眼中，它就像一塊閃閃發光的小金磚，艷麗奪目。

今天是老爸消失的第五十一天，也可以這麼說，是他跑路後的第五十一天。離破紀錄的天數還有一六四天，他上次一吭不響的整整消失二百一十五天，也讓我和小公主意外減肥了十公斤。

今天只是第五十一天而已，小case！

刮刮樂整齊的被堆疊在書桌上，書桌相當乾淨，除了筆筒以及書本之外，空無一物。

筆筒裡面，我只允許紅色的、黑色的和藍色的筆各一枝，還有一把十五公分的直尺；書籍也需要按大小排列整齊，每本書都要立正站好，不能歪倒。

在紊亂的社會中，有秩序的生活，才能讓我稍微安心。

小金磚在書桌上，有著金字塔般氣勢。

看著它，不知不覺就會被它特別的氣質所吸引魅惑，它試圖著在挑逗我深藏在內心裡面，最深沉的一種慾望，機警點，甚至發現在慾望當中，隱隱飄著一股危險的味道。

就是這股既危險又使人興奮的味道，讓人上癮，甚至可讓我甘願忍受寒冷利刃，離開溫暖的被窩。

我掏出書包裡的短皮夾，拉開零錢袋，拿出十塊錢硬幣，再把皮夾放在筆筒前方，那是我一貫放皮夾的位置。

接著拿起小金磚上的第一張刮刮樂，我注意到右上角的序號——016291-051，那是這張刮刮樂的名字。

這已經連續五十一天，在每晚睡覺前，我一定會做的一件事——玩刮刮樂。

不知不覺，玩刮刮樂變成了一種儀式。

我相信每個人都有自己的儀式，來填滿生命的空白，讓生命看起來豐富，不至於蒼白。

我深呼吸一口氣，右手食指和拇指挾著十元小銅板，左手扶著刮刮樂獎券，朝著銀箔的地方，從左上方往右下角，慢慢脫去銀箔。

它有兩個區域，首先我先刮出的是「**幸運號碼區**」，有11、23以及34，三個號碼。

另外是「**您的號碼區**」，總共可以刮出15個號碼，意味著有十五次的中獎機會，若是任何一個號碼與幸運號碼區的數字相同，就可以得到數字下面所對應的中獎金額，最高獎金是三百萬。

我不期望能刮中第一特獎三百萬元，只祈禱能中個幾萬塊，夠我和小公主能繼續維持生活就好。

第一個出現的數字是13，緊接著是22、27、28……，一個個數字被我的硬幣脫去外衣，現身見人，卻不是我所等待的數字。

終於剩下最後機會。

32。

仍然槓龜，心中揚起一股憤怒。

我馬上**命令**自己不可以憤怒。

我要求自己不可以暴露太多的情緒。在這個社會中，若是你表現出太多情緒，大家都會認為你還像個長不大的孩子；倘若你偽裝得宜，不管是悲傷或者是狂喜，都是一副死人樣，大家會說你已經是個大人。

像個大人，是我目前最重要的事。

我努力克制著想再刮一張刮刮樂的衝動，不過我是個有紀律的人，絕對不可以違背定下來的原則——一天只能用掉一個希望。

已經連續一個禮拜沒中半毛錢，本想今晚一定會中，卻又落了空，真是難受。

憤怒很快的又再度燃起。

我**命令**自己深呼吸。

呼——吸——呼——吸——

幾次過後，心情總算再次平靜下來。

我將016291-051，重新插入小金磚，並說聲「感謝」，可是它的位置，從令人期待的第一張，變成最後一張。

我翻開皮夾，眼看只剩下五百塊，怎麼辦呢？

沒關係，明天還有希望，我不相信運氣會如此背。

就在這個時候，我的小白（iphone4s）發出提示聲，是瀞的訊息：

明天早上6點，老地方，一起上學。

我回覆：

好。

＊＊＊

「小公主妳好了沒?快要遲到了。」我喊著。

她在廁所裡面遲遲不肯出來，現在已經五點二十分。

「好了沒？」我再次催促。

最後，竟然延誤到五點四十五分才姍姍出門。我拎著小公主的小手，小跑步著。

想起上次，因為忘記帶上瀞的生日禮物，折返回家，因而耽擱一些時間，到達約定的餐廳時，整整遲到二十分鐘。

瀞並沒有責難與抱怨，她笑著說沒關係，但是我可以感覺到她的皮笑肉不笑，她總是如此——不會把心中的話說出，所以我必須透過她給的極少訊息，猜測她內心的真正心意。

我寧可她選擇大哭大鬧，如此一來還比較好辦事，反正用盡方法向她道歉，懇求原諒就行，女生總是吃這套。

可是，瀞並不是這樣的人，她總是——**不說**。

沉默是金。

金卻冰冷。

我們之間隔著一道沉默的牆，每當將她擁進我的懷裡時，總是感受到牆的冰冷。

不過，她愈是絕冷，愈是魅惑著我，無法自拔。

「我跑不動了。」小公主呼救。

「快到了！忍耐點！」我敷衍回應。

終於勉強趕上，瀞站在媽祖廟廣場前面的石獅前，冷冽的強風吹得長髮沾黏在她的臉龐上，她用手去撥，我停下腳步，並沒有馬上喊她，而是默默的看著她。

她穿著一襲咖啡色長版風衣外套，裡面是米色毛衣，搭配牛仔褲和布鞋；穿著風格，不改低調、優雅，在她的身上，總嗅得到一股自在與從容的清香，沒有任何的壓力，而我就喜歡待在她的一側，聞著，感受著。

我緩緩的走向她。

「對不起，妳等很久了吧。」

「沒有，我也才剛到。」她對我禮貌性的一笑，便蹲下身，摸著小公主的臉龐。

「我的小公主今天好漂亮喔。」瀞說。

「瀞姊姊才漂亮呢！」小公主上氣不接下氣。

「怎麼那麼喘呢？」瀞縮緊眉頭。

「都是哥哥害的，他一直趕，一直趕。」小公主嘟起嘴，像隻小金魚。

瀞抬起頭俏皮的看了我一眼，說：「哥哥那麼壞，等下姊姊幫妳處罰他，好不好？」

「好。」小公主大聲回應。

「好啦，我們快遲到了，趕快走。」我催促著。

從廟口到小學，步行只要十五分鐘就可以到，我和瀞先送小公主去上學。

她們牽著手，哼著昨天小公主才在學校剛學的歌謠，晃著唱著，我走在後頭，看著她們，不自覺一股幸福溫暖緩緩而生。

我喜歡澥對待小公主的樣子，總是溫柔，總是笑容，總是傾聽。

小公主進入學校後，我跟澥往回走，朝著我們學校走去，那是在廟的另外個方向。

我和澥並肩走著，之間沒有話語填塞，剛才和小公主的歡笑，猶如曇花一現的陽光，雲層漸厚。

我們持續走著。

澥終於開口：「我看我們還是分手吧。」

北風很冷。

「為什麼？」心情有點激動。

「對不起，我從頭到尾都沒愛過你。」澥的話說得清淡，卻像把刃。

「那麼為什麼？」我再問。

「因為你很優秀。」

「優秀？」我不大懂澥的意思。

「永遠的全校第一名。」澍說。

不知道為什麼，第一次被稱讚第一名，卻半點愉悅的情緒都沒有。

「所以，妳為了這個跟我交往。」

「對不起。」澍的長髮再度被北風吹得到處飛揚，我搜尋不到她的眼神。

「我知道了，謝謝妳告訴我。」

我的腦子頓時當機，無法運作，一種說不出來的苦，在我的心中，溫溫冒著。

「幫我好好照顧小公主。」

「已經不用妳擔心了。」

「嗯。」

澍加快腳步離開，在我的眼前，她愈來愈遠，也變得愈來愈小。

本來苦只是在心中嗶嗶啵啵作用，沒有特別的情緒，等到你有時間去撈起它，去琢磨它，它將發酵為痛，一種難以言喻的刺痛。

我的淚水不自覺，濕了眼眶，模糊街景，我又再次被這個世界所拋棄。

我不能哭，我**命令**自己。

＊＊＊

在學校整天課程中，我無心上課，只是不斷告訴自己——要冷靜，這不是世界末日。

透過不斷的自我催眠，我知道我的傷口，仍然滲血不止。

然而，老天殘忍，偏讓瀞是我的同班同學。

雖然知道她已經是不愛我的瀞，若是她從此不再我的生活出現就罷，我只要把傷口做適當的包紮，保護好傷口，康復就只是時間的問題；但是老天安排她繼續在我的生活中出現，不斷弄痛傷口。

我也發現，瀞看我的眼神也改變，充滿著尷尬與閃躲。

每次的眼神接觸，都使得我那好不容易結痂的傷口，鮮血滲出。

接著，我開始止血的儀式——避開她、深呼吸，然後拚命的Ｋ書。

這個**儀式**一天當中，我必須做無數次。

我試圖告訴自己忘了她，當作她不存在，但是愈是如此做，我就更在意她，更想要擁抱她。

「你還好吧，怎麼感覺魂不守舍的。」憲輕佻問著。

「不用你管。」我的語氣不大好。

「我只是要來提醒你，不要忘記我們之間的約定，總有一天我會打敗你的。」

「約定？我們之間有約定嗎？」

「你不記得了啊，我再次提醒你，只要你考輸我，就必須得馬上轉學，我恨不得你馬上在我的眼前消失。」憲繼續說：「但是，我要光明正大的贏你，你最好不要掉以輕心，否則只要你一不小心，就會被我追上，知道嗎？」

憲尚未給我回應的機會，他就離開了。

憲。大家都叫他王子。也有一些討厭，或者嫉妒他的男同學叫他：第二名。因為我是永遠的第一名，所以他只能是永遠的第二名，這是幼稚園程度的邏輯概念。

這些男同學們，不知道什麼時候，開始成為我的朋友；就因為我能幫他們打倒王子，我是他們心中的英雄。

或者可以這麼說，我是被他們綁架的「絕世寶劍」，只要他們手中握有這一把武器，就可以在王子面前大膽叫囂。

其實武功不強根本沒關係，手上若是能擁有一把絕世寶劍，就好像自己也身懷絕技；剎那間，你有了一股莫名的力量和信心，足以打倒眼前的強敵。

尋找寶劍總是比自己苦練武功，來得輕鬆點，是真的嗎？

但是說真的，我沒有任何與王子競爭的想法，但是無形當中，我成為他的頭號敵人。

這種對立關係，並非我能決定要，或者不要；就像我不能決定我的爸媽是誰，我不能決定澥愛著我一樣。

真搞不懂憲，他有讓人稱羨的富老爸，長得英俊挺拔，瓜子臉，濃眉大眼、長手長腳，一百八十公分的體格，標準的model身材，再加上俊俏的臉龐，不知已經迷倒多少女同學，可是他卻來為難一個身高只有一百六十幾公分，長得其貌不揚，在人群當中，瞬間被眾人遺忘的同學。

只因為我的成績比他好。

他是不是有病？

這類人莫名其妙的有一股自尊，若是他選定你為獵物，可是你的萬般榮幸；你若是沒有做個稱職的敵手，他可會極度憤怒，如果讓他覺得你在敷衍，沒有使盡全力戰鬥，就算他們獲得勝利，也不會開心的。

真是奇怪！

最好是能跟他打得你死我活，頭破血流，他們贏了才有勝利的甜滋味，就算輸了，他們也表現出很爽的樣子。

因此，若是你被他們盯上，你別無選擇，只有全力戰鬥。

不過，卻不是這個時候，我累了，徹底的累了。

＊　＊　＊

生活並不會因為你喊累了，而為你稍微暫停一下。

所以就算今天被瀞給甩了，時間也不會為你停留，使你可以盡情的悲傷，然後療傷。

時間還是自顧自的走著它的路。

這或許是件好事。

放學的音樂響起，現在是下午五點十分，我必須在五點半前抵達麵攤，否則蔡叔又要開罵，恐嚇扣減我微薄的打工薪水。

老天保佑，幸虧還是讓我準時到達麵攤。

麵攤位於廟口廣場前，由藍白帆布搭建而成，主要是為了遮風擋雨，簡單的一台鐵製的餐車，烹煮食物的過程都是在這小小的餐車前完成。餐車上還放著一個舊式的木櫥櫃，裡面有各式各樣的滷味，滷得軟爛的深咖啡色大腸、小腸、豬耳朵、豬尾巴，還有方正的五香豆干、擺得整齊的海帶，和發亮的黑滷蛋。

在一片的油亮的暗色滷味中，翠綠沁亮的涼拌小黃瓜，顯得搶眼脫俗。

餐桌是柚木製成的四方矮桌，每張矮桌搭配四張竹編的小矮凳。

麵攤共有五組桌椅，二十個座位，不算多也不算少，但到了晚上用餐時間，總是座無虛席。

麵攤開張前，蔡叔都要我親自點亮，掛在攤位前的那盞黃燈泡。

黃濛圓燈就像是地上的小月亮。

亮了！不只暗示著開始營業，也代表著夜來了！

不知道為什麼，看到麵攤上的月亮了，總使我紅了眼眶。

「還不快點來幫忙。」蔡叔喊著。

「來了。」我趕緊用袖子抹去淚水。

又來了，我又被情緒給牽動折磨，我不可以這樣。

我喜歡麵攤，在這裡總是能找到一點點我失去的東西，雖然也說不出來是什麼。

麵攤只有我和蔡叔兩個人，蔡叔和我爸是熟識多年的老朋友，從小就一起長大。

「你爸什麼都好，只有『**賭**』這一點不好，『**賭**』真的將他害得淒慘，妻子跑了，孩子還要在這裡打工，你千萬不要學你爸。」蔡叔邊說，邊煮著羹湯。

我靜靜的聽著，也不知道該回答什麼。

關於這些話，我已經聽過無數次，有時候仔細想想，這些話到底代表著什麼，是出自一種關心，還是一種憐憫，或是一種生活無聊的喃喃自語，只為了讓彼此之間找不到尷尬。

蔡叔的聲音已經自動轉成靜音模式，因為我的腦子盡是瀞的身影，瀞的聲音，瀞的笑容。

我努力的洗碗，收拾碗筷，擦拭桌子，讓腦子忘掉一切。

「囝仔，可以回家了，剩的交給我就好了。晚餐已經幫你打包好，你先回去吧，小公主還在家裡等著你吃飯。」蔡叔說。

手錶顯示現在是八點三十分。

跟蔡叔叔道謝後，我洗完水槽中的最後一雙筷子，提著由紅白塑膠袋打包的晚餐回家，清冷的夜晚。

濃羹熱湯在薄薄的塑膠袋中，喘不過氣來，不過也為冷寂的夜，帶上一點溫度。

若想到小公主自己一個人，面對著空蕩蕩的家，我就充滿不捨，不自覺的加快腳步。

瞧見家裡的燈是亮著的，小公主在家，我鬆了一口氣。

小公主已經在沙發上沉沉睡去，看到她睡覺的樣子，我的腦子終於不再是澥，而是睡得酣甜可愛的小公主。

真是羨慕小公主，不用搭理社會的殘酷與現實的壓力，而是自由自在的探索、享受世界。

「起來吃飯了。」我輕輕搖著小公主。

小公主揉揉眼睛：「哥，你回來了。」

「嗯，趕快起來吃飯。」

蔡叔打包兩碗肉羹麵，一份綜合滷味，怕我們蔬菜攝取不足，還特地準備兩份燙青菜。

小公主有個怪癖，她一定要用大的瓷碗裝麵，還堅持使用瓷湯匙，以她的說法，這樣麵會比較好吃。

對於蔡叔的肉羹她向來情有獨鍾，她左手拿著湯匙，右手持著筷子，習慣的把筷子拿得很低，不疾不徐的挾起黃色麵條，放在瓷湯匙上，然後嘟著小嘴呼呼的吹涼湯匙上的麵條，才送入口中，津津有味的咀著嚼著。

小公主吃得相當專心，每次吃肉羹麵，總是先吃完所有的麵條，使得碗中只剩下羹湯，以及一塊都沒動的肉羹。

在濃湯中，可以看得到紅蘿蔔絲、白竹筍絲、黑木耳絲，還有大白菜絲，不只營養滿分，顏色繽紛，味道更不在話下。

對了，蔡叔叔的肉羹，屬於赤肉羹，可是挑選黑毛豬的腰內肉，手工切條後，再裹上特選的旗魚漿製作，肉的鮮甜，和魚漿的腴美，成功擄獲小公主的芳心，連我也獨愛這一味。

小公主的碗裡面，終於只剩下一塊塊美麗的肉羹和羹湯，份量比賣的還要多，那是蔡叔叔的貼心與照顧。

望著滿滿的肉羹，小公主的眼睛發亮，一湯匙一個肉羹，再搭配著少許羹湯，送入她口中仔細咀嚼。

看著她吃飯，真的是一種享受。

對於每個事件，小公主都有她自己的詮釋方式，活潑饒富創意；反觀自己，不知何時，已被經驗與社會所桎梏，就像個機器人，被植入太多的程式與指令，我剩下的只是反應，還有要做什麼反應。

但是小公主不同，她總是可以隨心所欲，享受生活。

而不是像我們一樣，只是在乎怎麼樣的做法，才合乎利益，例如：怎麼做才能賺得更多錢、怎樣做才能讓別人喜歡我等等。

小公主還沒被這社會給污染。

「吃飽了。」小公主雙手舉高，露出滿足的神情，「謝謝哥哥，謝謝蔡叔叔，謝謝肉羹。」

我督促小公主完成作業，自己也趕緊複習今天的課業與明天的考試。

「哥哥，爸爸還會回來嗎？」小公主問。

突如其來的問題，使得我措手不及。

「妳想爸爸嗎？」我問。

「想。」

小公主的回答讓我吃了一驚，我以為……

「因為他是我爸爸。」小公主說。

我更說不出話來了。

「哥哥，你為什麼不喜歡媽媽？」小公主說。

「我？」我不知道怎麼回答這個問題，才不至於讓小公主有負面的情緒。

「是媽媽壞壞嗎？」小公主問。

「嗯?!」我敷衍回答。

「還是，媽媽會打哥哥？」小公主問。

「也不是啦。」對於小公主的提問，我有點招架不住。

「你會離開我嗎？」小公主問。

「哥哥最愛小公主了，怎麼捨得離開妳？」我摸摸她的頭。

「打勾勾。」小公主說。

我跟小公主打了勾。

「該睡覺了。」我說。

小公主收拾好書包，梳洗完畢，乖乖的躺在床上，等待我的故事。

我花了許多時間才弄清楚小王子從哪裏來。他問了我很多問題，但似乎從來也不聽我的問題。從一些偶然的談話，我才一點一點的弄明白。當他第一次看見我的飛機（我不畫我的飛機了，對我來說這是幅太複雜的圖。），她問我：

「那是什麼東西？」

「那不是東西，它會飛，是架飛機，是我的飛機。」

我驕傲的告訴他我會飛，他叫了起來。

「怎麼？你是從天上掉下來的！」

我謙虛地說：「是的。」

「啊！真奇怪！」小王子開朗的笑了，這使我很不高興，我希望別人也能認真的看待我的不幸。

他又說：「那麼你也是從天上來的！是哪一個星球呢？」

在一瞬間，我瞥見一線他神祕存在的微光了，我突然地問：

「你是從別個星球上來的？」

他不回答，卻輕輕的轉過頭去看我的飛機說：

「真的，你不可能從更遠的地方來了。」

許久，許久，他沉溺於一個夢境中裡，然後從口袋裡拿出我畫的小羊，對著它小王子又沉入了深思。你能想像我的好奇心是怎樣被這半信半疑的「另一個星球」所激動。所以我進一步努力想去知道更多。

「小朋友，你是從哪裏來的？你家在哪裏？要我把我畫的小羊帶到那裏去？」

想了一會兒以後他說：「真好！你連箱子也給我，晚上可以做房子用。」

「當然，假如你乖，我還給你一根繩子、一根樁，白天可以把它拴起來，它會到處亂跑，會走失的。」

小王子又開朗的笑了：

「但是你想它會跑到哪兒去？」

「隨便哪兒，就是前面……」

小王子很熱忱的說：

「那沒有關係，在我住的地方，樣樣東西都小巧。」

帶著一點憂鬱他又說：「在自己的前面，一個人不可能走得很遠……」

* * *

小公主已熟睡。

我坐回書桌，再次拿出小金磚，它依舊光采奪目。

今天是爸爸消失的第五十二天，我準備刮第五十二張刮刮樂，從書包拿出皮夾。

因為買了一罐牛奶，一條白土司，和一罐花生醬，皮夾內只剩下二百五十塊，該怎麼辦才好呢？

在我眼前的美人是016291-052。

大美人，妳一定得幫我。

手指挾著十元硬幣，心臟撲通撲通跳得老快，說也奇怪，以前刮的時候，也沒如此緊張過。

我開始移動手中的銅板，乞求上天的恩惠與憐憫。

首先，我先刮出彩券裡面的「幸運號碼」，有42、47以及19，共三個號碼。

接著開始刮著「您的號碼區」，第一個刮除的數字是37，緊接著是39、29、53……，一個個數字現身見人，但總不是我所等待的數字。

終於剩下最後機會。

46。

老天仍舊沒有降下甘霖。

說真的，本來以為今天會中的，但還是沒中。

內心再度衝動，想一口氣刮完剩下的四十八張刮刮樂，但我盡力壓制，我不能隨便打亂紀律，若是連我都無法維持自己的**命令**，那麼生活上的暴風雨將徹底的摧毀我。

我把十元硬幣收入皮夾內，放回書包，並將小白拿出來。

在輸入我的密碼後，直接進到facebook去，我的動態消息裡面，沒有濘的任何訊息，我馬上點進到濘的facebook去，發現我被濘封鎖了。

無法遏止的怒氣，充斥我的體內，難道她真的要與我斷絕所有的關係嗎？她怎麼可以如此狠心，如此絕情。難道我之前對她所付出的愛，她都毫無感覺嗎？

我立刻撥打電話給她，但是馬上轉進語音信箱。

除了傷心之外，更多的是悲憤。

在這個世界當中，難道情感只是一種虛假的糖衣？糖衣融化之後，盡是難堪的人性。

我開始恨這個世界，虛假的社會。

＊　＊　＊

今天的天氣，比起昨天更加酷寒，不知怎麼搞的，我的頭裡面好像有著幾萬隻螞蟻，同時在啃噬著我的大腦。

不行，我不能生病，如果我病了，小公主誰來照顧？而且我已經沒錢可以生病了！

我努力的坐起身來，一陣天旋地轉，下意識的雙手抱著頭，試圖減緩暈眩的程度。

嘗試幾次深呼吸之後，我告訴自己，絕對不可以在這個時候生病。

一股委屈排山倒海而來，我竟然連生病的權利都沒有。

「哥哥你怎麼了？」小公主問。

「沒事。」我答。

「妳趕快去盥洗，準備上學，不然又要遲到了。」

「哥，今天是禮拜六，不用上課。」

我竟然過到禮拜幾都不知道，我實在太累了。

感謝老天爺，救了我一條小命。

「你怎麼了？」

「小公主，我有點累，讓我再睡一下好嗎？冰箱裡面有鮮奶，還有土司，肚子餓了，自己拿出來吃。」

我話一說完，又沉沉睡去。

再次醒來時，我的眼皮仍然沉重，我不能再昏睡，否則不知道何時才能再醒，因而奮力的撐開眼睛。

我瞪大雙眼，命令自己不可再闔上眼，天花板上刺眼的日光燈，一度讓我想再閉上眼；不過，我一鼓作氣坐起身來，揉揉眼睛，使得視線再次清楚對焦，看著掛在牆壁上的鐘，哇噻！現在已經一點多，再看著窗戶，明亮的，是白天，所以是下午一點多。

我手撐著床沿，才能站起身來，幸虧頭痛的驚濤駭浪，彷彿有逐漸消退的趨勢，這是一件令人振奮的事。

我搖晃著頭，想讓頭腦能更清醒些。天啊，我是個大白痴，沒想到這下我的頭頓時又是一陣天旋地轉，要死了！

萬幸，大暈眩並沒有持續蔓延，一下子又恢復成小暈眩。

小公主呢？

暈眩感仍然存在，但我已經能和它和平而處，只不過走起路來仍舊不大穩定。

客廳的電視開著，小公主在沙發上睡得很熟，她的睡相依然可愛，但是眼睛明顯紅腫，看起來是哭過的樣子。

我輕輕的搖醒小公主，她勉強睜開眼睛，一看到是我，就抱著我大哭。

我將她抱入懷裡，「怎麼了？」我拍拍她的背，以示安慰。

「我以為你死了。」小公主一把鼻涕、一把眼淚的說。

「我不是在這裡嗎？怎麼會死？」

「因為你睡了好久都沒有起來。」

原來我不是昏睡一個上午，而是整整一天，難怪小公主以為我死了。

「妳不要怕，哥哥真的沒死。」我安慰著小公主。

「如果你要死，要跟我說；小公主要跟你一起死，不然我會**寂寞**，我會害怕。」

從一個七歲孩子的口中，說出**寂寞**兩個字，感覺特別辛酸。

「我會的。」我看著哭得淚眼汪汪的小公主，心裡幾分不捨，但也幾分好笑。

我趕緊撥打手機給蔡叔跟他告假，他先是一番牢騷，抱怨昨天晚上我竟然翹班，現在又要請假，使得他說話的口氣更不客氣，他說週末是生意最忙的時候，沒有我的幫助，一個人幾乎沒辦法應付如此多的顧客，諸多的不滿與嘮叨，傾巢而出，但我還是耐著性子聽完。

一陣十分鐘的聒聒絮絮總算結束，掛電話的時候，蔡叔還是不免俗的關心我的健康，要我多休息，但也**提醒**我明天不可以再請假。

其實，我較為心疼的是我的手機費，老爸送了小白給我，乍看之下，是人人稱羨的超棒禮物，尤其對3C迷而言，但我也必須付出不少的代價——龐大的手機費。

當初老爸選擇的費率，是網路吃到飽方案，加上手機的通話費，一個月就必須資付一千二百元以上的高費用。

但是我還是覺得值得。

你一定覺得我奇怪，但是我卻要說，擁有小白，使得無論何時何地，我都可以享受到上網的方便，也可以玩遊戲，尤其當麵攤沒有客人，只有我和蔡叔的時候，真的不知道要和他聊些什麼，滿是尷尬，幸好有小白，得以解救。

舉凡任何無聊的時候，小白真的是最好打發時間的好夥伴，就因為有它，我可以與全世界溝通，而非自己一個人。

不過有個道理是不變的，當你享受愈美好的事物，相對的付出代價也將翻倍。一倍，兩倍，甚至是數倍，那後座力實在太強，強到可以把你轟死。

龐大的手機費用，簡直逼得我快喘不過氣。

我每個月在蔡叔的麵攤打工的薪水是三千元。扣除我的手機費，每個月只剩下大約一千八百元左右可以花費，水電費約略五百元，只剩下一千三百元，我和小公主就必須靠著一千三百元撐完整個月。

幸虧我們不用租房子。

老爸只有在贏錢的時候，會犒賞我們；其他的時間，我們得要自力更生，他知道，他有個超能幹的兒子，所以不用煩惱。

這個月的費用會如此的緊迫，是因為美術課需要，小公主多花了一點錢購買蠟筆和紙張。

今天才十一月二十號，還有一個多禮拜，才能領到蔡叔的薪水，卻只剩下二百五十元，我們即將彈盡糧絕。

照道理說，我應該緊守著碩果僅存的二百五十元，死抱著不放。

然而，我卻決定今天下午，帶著小公主一起去逛街。

我花了三十元買了一杯她最愛的珍珠奶茶，小公主相當貼心，還分我喝好幾口。

接著，我們到夜市，共同點了一客九十元牛排，儘管牛排的品質還有待加強，但光是紅茶和玉米濃湯可以吃到飽，就值回票價。

夜市真是台灣最棒的禮物。

真是愉快的一天，好久沒有這麼開心過。

如果有一天，我能夠沒有任何壓力，與心愛的人享用美食，不用再有錢不夠的煩惱，該有多好。

看到小公主吃著牛排的滿足樣子，我也跟著開心。

我們牽著手，唱著歌，踏上回家的路。

口袋只剩下一張捏皺的一百元，和三個十元銅板，還有一個一塊錢，在我的口袋裡叮噹叮噹。

管他的，明天的事明天再說。

歷經整個下午的玩樂，明顯的看出來，小公主已經倦了。我哄著小公主洗澡，才放她睡覺。

在我洗澡時，小公主早就呼呼酣睡。

＊＊＊

今晚雖然不必再給小公主唸《小王子》，不知怎麼搞的，心裡卻反而惦記著。不過，我不可以偷跑。

我拿起小公主的家庭聯絡簿，這是我的例行公事，不知道從何時開始，我已經開始變成她的爸媽，在家庭聯絡簿上的父母簽名欄簽名。

翻到十一月二十日的那一頁，明顯的可以看到老師使用紅筆，在師生聯絡欄裡寫著：

小公主的午餐費三百五十元，已經遲交三天，請家長準時繳交，若有困難，請與學校聯繫。

為什麼小公主沒有跟我說呢？

這不是第一次了！她知道老哥時常為錢煩心，怎麼還敢提起錢的事呢？怎麼辦呢？我要怎麼生出錢來呢？我看，乾脆直接向學校求救，我真的快撐不下去。

不行！如果我向學校求救，全校都會知道小公主有個不健全的家庭，也會知道他有個賭徒老爸，這訊息會烙印在同學的心裡面，再也無法除去。

不過，這些都不重要，畢竟老師和同學總有一天會離開小公主。可是這個訊息將會狠狠的烙印在小公主的心裡，伴隨著她的一生，逃也逃不走，每每在她的生活裡，隱隱作痛。

我不能讓小公主受到此般極刑。

今天是老爸消失的第五十三天，不對，應該是第五十四天，因為我昏睡了一天。

拉開抽屜，我重新拿出小金磚擺在書桌上，如往常，我習慣先看刮刮樂的名字，016291-053。

不僅是代表刮刮樂身分的數字，舉凡任何數字對於我而言，似乎都有股魔力，深深的吸引著我，就算是無意義的數字，我也會駐足沉思。

就好像天上的星辰，在我眼中，只是一堆無意義的發光體；但是對天文學家而言，是故事，是寶石，他們可以望著他們的寶石一整晚而不累。

相同的心情，數字對我而言，就是我生命之中的寶石。

現在我真的滿心期待，我所熱愛的寶石，可以變成金錢，讓我紓困解渴。

拜託了，我的寶石，016291-053，小公主的午餐費就靠你了。

我掏出的是一元硬幣，意圖換換手氣，期盼能一元復始，萬象更新，我有預感，這次必中。

一元硬幣實在有點小，刮起來並不順手，我依然先刮除了幸運號碼，是55，32和18。

好耶！我的幸運號碼18出現了，是個好兆頭。

迫不及待的逐一刮除「您的號碼區」，第一個數字是39，沒中。沒關係，我繼續讓硬幣往別處走，第二個浮現的數字是50，依然沒中。我沉住氣，第三個號碼，33；第四個號碼，38。

我的手帶著小小硬幣，在未知的數字中遊走，試圖在數字群當中，尋找出勝利的密碼，數字接續現身——17，22，23，56，13，27，51，11，44，42。

轉眼間，只剩下最後一小塊銀箔，刮除之後，33。

滿滿的數字，卻沒有一個是我想要的，就像在茫茫人海裡，我找不到一個人，能真心的聽我說心事，分擔我的肩膀上沉重的擔子。

可能是期待過高的關係，我真是狗改不了吃屎，還是太容易受到情緒的擺佈，使得自己掉入情緒的深淵。

我命令自己冷靜，並做三次的深呼吸，心情果然平復許多。

接著，我將刮除的銀灰色屑屑，倒入垃圾桶，這是我第一次看到016291-053的全貌，乾淨素雅，十八個數字在獎券裡面閃閃發光，雖然她沒有帶給我任何的金錢支援，但是它仍舊美麗。

每個事物都應該有其價值，只是有時候我們看不到，它的價值或許只是別人的**祭品**，或者它的價值只是單純**存在**而已，不過無論如何，善待它們就對了。

我說聲「感謝」，並將它插回小金磚的最後一張。

雖然沒有如預期贏到錢，但是我告訴自己還是得充滿感激，感激老天爺所做的一切安排，儘管很難，但是我必須**命令**自己這樣做。

命令是不需要任何理由的要求，而你所要做的只是**絕對的服從**，就這麼簡單。

你不用再去思考，為什麼我要服從？這件事這樣做，對嗎？這些獨立思考，都是多餘的，你所要做的只有，**絕對的服從**。

有時候服從是一種幸福，因為總是有人可以指示你可以往哪條路走，安排你怎麼走，你只要按著走，就會有條康莊大道在彼端等著你。

總比自己像個無頭蒼蠅，亂竄，碰壁，擔憂，最後還被人類一掌打死來得好。

我也希望我能享受服從的單純與簡單，但是誰能向我下命令啊？

老爸嗎？老爸極少要求我，或許是因為我太能幹的關係，他對我的態度，除了給予，還是給予，贏了錢，就給我錢，那是他愛我的方式；除了給予，就是問候，問我：「吃飽了沒？」問我：「還有沒有錢？」就算他的口袋羞澀，也會順口來上一句，像在吃花生米，無聊的時候就嚼上一顆。他的問題並不重要，重要的是，透過問題，他可以找到一種老爸與兒子的聯繫關係。

當然，我也會禮貌性的回答：「我還有錢。」就算自己已經山窮水盡，我可不想告知他我沒錢，使得難得的父子對話，搞得極度尷尬和不堪。

其實，我多希望他也能對我下**命令**，我會完全的信任，不用再費盡心神懷疑我所選擇的一切，該有多好？

不過，我知道這是不可能的，我相信再也沒有人比我更瞭解我的老爸，因為我是他的兒子。

既然老爸不能指點，我只好開始學習，**自己命令自己服從**。好笑吧！

唯有如此，我才能在社會生存，人總是要有些**支點**，支點通常就是一個你的信念：你相信什麼？然後**命令**自己不顧一切，而且不假思索的執行。久而久之，你的信念就會變成你生命中的支點。擁有如鋼鐵般的支點，你的生活變得不再隨波逐流，甚至你的支點還可以舉起全世界，向世界大喊：**我來了**。

在充滿不確定的時代，支點更加重要。現在沒有什麼事是一定的，我的成績好，就算上得了一流大學，我可能支付不出學費而休學。前幾天的新聞，有學生拿到博士學位，卻苦苦找不到工作，記者分析原因：第一，經濟不景氣，而博士太多。第二，大部份的行業都不需要高學歷，擁有高學歷，有如黃袍加身，有誰敢用皇帝老子啊？皇帝老子是用來服侍的，不是用來差遣的。

我發現在這個時代裡，若是你要活得很好，只要你有一個有錢的老爸，或者老媽，你就可以過得相當舒服。

可是我沒有，有的只是個賭徒老爸，和一個狠心的老媽。

所以呢？我該怎麼辦？放棄讀書，趕快學個一技之長賺錢？還是，繼續在學校拿第一名，出來可能不一定有工作。

我陷入徬徨與猶豫。我來這個世界上的目的到底是什麼？

賺錢？結婚生子？買房子？就這樣嗎？

到現在，我還找不到我的支點是什麼？

目前，照顧好小公主，這就是我活著的最大意義。

我**命令**自己要照顧好小公主。

於是，我現在必須要做的，就是找到小公主的午餐費。

＊＊＊

老天爺並沒有真正拋棄我。

因為多睡了一天，今天晚上我可以多刮一張刮刮樂，我終於瞭解許多賭徒為什麼寧願將最後的錢留下來，買一張刮刮樂，也不願花錢餵飽因飢餓而不斷發抖的雙腳。我現在隱隱知道原因，因為飯只能短暫的餵飽人，但是一下子人又會餓了，又得為下一頓飯所苦惱擔憂。

相對的，刮刮樂就不同。它代表著一個希望，一個可能讓你至少一整年，或者好幾十年，甚至是一輩子，不用擔心你的下一頓飯在哪裡的美麗寶石。

寶石羽化成比錢更重要的東西，它的名字叫做**希望**，**016291-054**。

這次，我不再選擇一元硬幣，而是再次選擇十元硬幣，十全十美。

幸運號碼是：44、10、58。

我在黑漆漆的夜裡，我的手唰唰的刮著，尋找希望。

中了。

我的寶石44，從希望蛻變成更美麗的金錢。

希望用錢不一定買得到，所以應當比金錢來得重要，但是人們得到希望後，卻想再兌換回金錢，真是極端諷刺與好笑。

久旱之後的甘霖，特別甜美。

我滿懷興奮，迎接到手的勝利，繼續刮除下面的中獎金額，一百元。

不知道為什麼，我的眼淚不聽使喚的流下，很久。

＊　＊　＊

世界上，最殘忍的一件事，無非是給你希望，再硬生生的拔走希望，使得你鮮血直冒。

我恨，恨老天爺沒有憐憫心，還無情的開我玩笑，玩弄著我。

看著眼前的小金磚，我巴不得將全部的刮刮卡獎券，一次刮完。不過，我不能破壞我的**命令**。

一定還有辦法，我要跟老天爺說，我不會如此輕易被打倒。

第一個飄過去的點子，是向蔡叔預約我下個月的薪資，他一定能體諒的。

現在是晚上九點半，就算蔡叔已經收攤，也應該還在收拾清理。

我打算馬上去跟蔡叔叔預約薪水。

根據氣象局報告，大陸冷氣團報到，今晚到明晨將會出現低溫，預報還滿準確的，現在已經可以感受到外面的寒冷，已經明顯比中午的溫度還要低個至少十度。

我穿上夾克，沒想到一到外頭，寒風馬上從袖口溜進我的體內，我打了一個小寒顫。

冷氣團的威力的確不小，我加緊腳步，準備到廟攤找蔡叔。

縱使百般不願意，還是得去。今天臨時的請假，已經惹得菜叔有點火氣，必定又招到他無窮無盡的碎碎唸，但是我寧願放下自尊，耐著性子接受他的叨唸，因為我知道找他一定能借到錢，他有一副好心腸。

當我到達廟口時，狂風挾帶著沙塵，在廟口的大廣場上，打轉翻騰，旁邊的店家早已門窗深鎖，連廟門也關上，狂風吹得廟門嘎嘎響，一片寂寥，世界彷彿只剩我一個人。

沒有預料到，天氣不佳，使得蔡叔提早收攤。

我現在要去哪找人求助呢？我拿起小白準備撥打蔡叔的電話，但是到別人家借錢，我要面對的不再是蔡叔一個人，而是他的家人，我承認我拉不下臉，因此作罷。

我無奈的坐在廟前的石獅下，拿起小白，打開通訊錄，尋找可能的救援，我的手指慢慢的在螢幕滑動，一個接一個在螢幕上跑動的名字中，我看到了一個既熟悉又陌生的名字，瀞。

瀞的名字停留在我的眼前。

要是之前，瀞只要知道我的口袋又瘦了，她二話不說，就拿錢幫助我，而且一句話也不問，等到我有錢，我也會第一時間還給她；雖然她都表示不用還，但是我堅持要，這是原則問題，也是面子問題，她才笑笑的收起來。

從此之後，這樣的方式就變成我們的默契，不必說的，不必問的，只要我一個眼神，她就會拿錢來援救我。

我想念她，以前的那個她，但是她現在卻離我好遠。有時候真想直接衝過去，一把抱住她，使勁摟進我的懷裡，藉以告訴她，我是多麼的愛她。

曾幾何時，她已經不在我的身邊，失去後才知道自己的愛有多深，多濃。

當我還沉浸在跟她的過去種種時，竟然不自覺的撥打她的電話。答鈴響起，竟然通了。

分手之後，她的鈴聲從來沒有響起過，通常只會聽到：

你撥的號碼無回應，將為你轉入到語音信箱，請在嗶聲後，開始留言。

我根本還沒準備好，心臟正在踩著油門，瘋狂飆速，我刻意的穩住心情，卻一點用都沒有。

瀞的鈴聲若無其事的繼續哼著。

一秒一秒的過去，最後歌不再唱了。

你撥的號碼無回應，將為你轉入到語音信箱，請在嗶聲後，開始留言。

我的心情相當複雜，雖然鬆了一口氣，難免也對於瀞未接電話，感到失望。思念就像衣服脫落的線頭，一旦拉扯，便一發不可收拾，現在我的腦海裡盡是瀞的身影，趕也趕不走，躲也躲不掉。

我拿起小白，撥到照片的選項，看著一張張與瀞的合照，我掉進了回憶裡頭。

「瀞，我們會永遠在一起嗎？」

「我不知道，世界上很多事很難料。」

真的，很多事很難料。

我站起身來，離開廟宇，不是回家，我的腳不聽使喚的往滹的家走去。

滹的家是一棟兩樓層的透天別墅，佔地不小，別墅被石磚牆圈圍，石磚牆裡面，則是一個小天地；裡面有座後花園，後花園有水池、有小菜圃、有花圃、有大樹，也有小樹，有石桌和石椅，還預留一塊空地當作停車場。

外頭的燈亮著，我並沒有進去過她家，只有她爸媽不在的時候，跟她坐在後院的石椅上，聊天打屁。

不知道為什麼，滹似乎刻意不要我與她的父母見面。也是啦！我們這個階段應該好好讀書，要是被她父母知道，可能是一場家庭革命，所以我們低調再低調。

別墅裡面的滹，現在不知道在做什麼？在讀數學嗎？她什麼都好，就是數學其差無比，真搞不懂，一些簡單的數學概念，為什麼她總是不會，就算我鉅細靡遺的講解數次，她的腦袋還是轉不過來；就算同樣的題型，只要題目有些小小的更動，她的腦筋又會再次打結。

不過她腦筋打結的樣子，還真可愛。

突然，別墅的大門開了，我趕緊退到一旁的馬路上去，我看到瀞和憲一起走出來，我以為眼花，揉了揉眼睛，再次專注盯著，在瀞旁邊的男孩子是誰？他們走出大門，月光灑在男孩的臉龐，肯定是憲。

我的腦袋一片空白。

之後，瀞的爸媽和憲的爸媽一起走出大門，憲一家人駕車回家，瀞一家人目送。

瀞和爸媽進家門，闔上大門，設定保全，我徹底被隔絕在外頭。

我突然有一種感覺，好像自己不應當在這裡。

我走出這個不屬於我的世界。

氣溫愈來愈冷，街道上幾乎沒有人，想必大家都窩在溫暖的家裡，與自己心愛的家人，吃著溫熱的食物，一起談天說笑，度過寒冷的冬天。

而我孤獨的走在街道，沒有人陪伴，沒有人在乎，也沒有人知道。

一股情緒上了心頭，讓我好想哭。

我被遺棄了。

現在，我什麼法子也想不出，我真的累了！

＊＊＊

失魂的走在回家的路上，發現一處的招牌，在黑夜中獨自亮著，顯得特別醒目，仔細一看，是旺旺來彩券行。

我怎麼會在這裡？竟來來到這個地方，最不想來的一家店。平日，都會盡量避免走這條路，怎料現在我卻不小心來到此處，要回頭改道，還得花上十五分鐘，倘若從這條路回家，只需要五分鐘就好。

我實在累了，天氣又那麼冷，害得我直打哆嗦，真的不想再多花十分鐘走回頭路。

算了，趕緊走過就好。

我加快步伐，也加大步幅。

正當以為可以順利通過彩券行而鬆一口氣時，我竟然因沒看前方的路而撞著人。

「對不起，你有沒有怎麼樣？」我連聲抱歉。

抬起頭來，一看見是**他**，我掉頭就走。

他應該沒看見我，我幾乎用跑的離開，直到家才鬆了一口氣。

今晚是怎麼一回事，所有不願意遇到的事，一件一件讓我遇著了。

真是見鬼了。

我倒臥在床上，小公主的事沒有解決，瀞的事也讓我的心情紛亂。

我好累，好累。

為什麼活著會那麼累？

我閉上眼睛，真希望所有的事，都可以因為我的閉眼，全部消失不見。

我累了，睡了。

＊　＊　＊

手錶的鬧鈴不管三七二十一的叫著，我看一下手錶，已經早上六點半。天氣真的好冷，好想永遠窩在暖烘烘的被窩裡面。

我按掉手錶的鬧鈴，逼迫自己起身，但是仍然捨不得拋下棉被，拉起枕頭當作靠背，半靠在床頭。小公主仍然在我的旁邊熟睡著，窗戶透出微微光亮。世界彷彿一片美好。

也許只是假象，但有時候像個呆子被騙一下，感覺也不錯，唯有如此，才有活下去的力量。

睡意並未完全離我而去，我要賴再次閉上眼睛，再度溫存早晨的美好。牆壁上鏗鏘的鐘聲，讓我再度醒來，哇噻！已經七點鐘。

我趕緊喚醒小公主，催促她刷牙洗臉，我也趁機趕緊整裝，準備出門，否則必定遲到。

匆忙之間，關於小公主的午餐費，也不忘再度歸隊到我的腦子，該怎麼辦才好呢？我還能向誰借錢？

我真的找不到辦法了。

我命令自己冷靜，會有辦法的，深呼吸幾次，心情逐漸穩定。

再次向澌求救嗎？不行，我已經和澌分手，總不能每次遇到事情都要澌伸出援手吧，多沒用啊。

還有誰能幫我？蔡叔？現在也來不及了，若要找蔡叔借錢，也要等到今天晚上，更何況據我所知，蔡叔都是睡到中午才醒來。

還有誰？我用力的擠著腦子，考試的時候，都還沒這麼用力過。

都怪我平時沒有跟別人好好經營友誼，現在需要朋友的時候，才知道朋友的重要，不過現在為時已晚，抱怨也無用。

還有誰？

「哥，我好了。」

小公主的呼喚，使得我回到現實。

我必須承認，現在的我有點手足無措。

「那麼，換我了！妳趕緊拿好書包，穿好鞋子，等我出來就走。」

我躲進廁所，爭取時間想法子，甚至可能在路邊撿到五百元的荒謬想法，竟然也出現在我的腦海。

沒辦法了，我真的輸了，為了小公主，乖乖的去找**他**吧。

他，彩券行的老闆，也是老爸的朋友，但是老爸欠了他一大筆錢。

我瞪著鏡子，啊～～～，為什麼我會走到這種地步？

我裝作若無其事的走出廁所，小公主已經在客廳等著我。

「小公主，妳在這裡等我十分鐘，哥哥馬上回來。」我說。

「你要去哪裡？」小公主問。

「我去拿一下東西，妳乖乖待著等我喔。」我說。

沒想到自己那麼窩囊，還落到找**他**借錢的地步，真的真的真的好不甘願。

我**命令**自己不要再想。

我開啟大門，沒想到站在我面前的竟然是……

老爸。

在那剎那，一股情緒排山倒海而來，我再也忍不住，啜泣起來，雖然想要停止這丟臉的舉動，我無法控制，只好讓情緒像洪水般盡情的宣洩。我承認在那剎那間，我渴望像個孩子，想要被呵護，想要撒嬌、想要被寵愛。

老爸把我擁入懷裡，我終於可以像個小孩，大聲的哭了。

在我身上所累積的委屈、壓力、難過、垃圾，似乎可以隨著哭泣全部釋放。

打從有記憶以來，這是我哭得最慘的一次，不過真的好過癮，想一想，有時候我幾乎忘記自己會哭，因為很多事，隨著時間壓力鍋的作用，把很多事都擠壓成一種麻痺，無感。

哭出來，真好。

但是，我應該不會再隨便哭了，畢竟，很糗，而且是在老爸面前，一直以來都很陌生的老爸。

老爸沒說話，他的話一直不多，但我瞥見老爸的眼眶似乎也紅了。

我無法克制不斷的啜泣，「我～沒～錢～繳～小～公～主～的～午～餐～費～」我斷斷續續的講完，然後再次放聲大哭。

小公主聽到我的話也哭了。

之後，我、小公主和老爸抱著一起痛聲大哭，許久。

老爸離家五十五天，終於回家。

＊　＊　＊

想起剛才一定哭得很醜，就覺得很糗。

老爸幫我和小公主請了半天的假，他帶著我們到轉角的7-11，買了早餐。我選了一個大亨堡和一杯city-cafe現泡的美式熱咖啡。小公主選了她最愛的三角鮭魚御飯糰，和一罐養樂多。養樂多是她的最愛，只要她心情不好時，給她一罐養樂多，萬事搞定。在她的心中，養樂多是第一名，第二名是珍珠奶茶，第三名是7-11的鮭魚御飯糰。老爸只點了一杯，跟我一樣的美式熱咖啡。

我們一家三口，坐在7-11裡面的餐桌上吃起早餐，沒有人說話。

「對不起，老爸沒用，才讓你們兄妹過得那麼苦。」老爸低著頭說。他喝了一口熱咖啡。「從此以後，老爸不會再讓你們那麼苦了，賺錢的事交給我，你們只要負責把書念好。」

老爸拿出他的長夾，深咖啡色的皮製長夾因長時間的使用，周圍磨損得厲害，掏出五百元給小公主繳交午餐費；再從長皮夾拿出一疊千元大鈔，手指習慣性的沾沾嘴巴的口水，數著十張交給我。

「夠用嗎？」老爸問。

「夠了。」我說。

想必他又贏錢了。

這下，我也可以不用再為了我的手機費而煩惱。

記得上次，他離家回來的時候，送我一本價值好幾萬塊的刮刮樂，外加一隻幾萬塊的小白。

看來，這次贏得比較少。

說實在，我根本也不期待老爸能撫養我跟小公主，只期待下次他可以贏得多一點，讓我跟小公主的好日子可以過得更久一點，這樣就夠了。

不免俗的，老爸關心了我和小公主的學校生活，當然還有成績，幾分鐘不到，我們已經找不到話題，三個人安靜的吃著自己的早餐。

他從以前到現在，都不會透漏自己失蹤的這段期間去了哪裡。

這次也一樣。

老爸離席買了一份報紙，看起報紙。我玩起小白。小公主則自顧自的享受她的三角飯糰和養樂多。

「你老母有回來嗎？」老爸依舊盯著報紙看，沒有抬起頭來。

「沒有。」我說。

「喔。」他的回答不帶任何一絲情感，只有冷漠。

幸虧便利超商的廣播，和店員此起彼落的歡迎光臨，自動門不停的叮咚，才使得這頓早餐有點色彩。

待小公主的小吸管，吸得養樂多塑膠罐漱漱響，老爸說：「好吧，走了。」

回到家裡，老爸竟然催促我和小公主趕緊到學校去，以免影響功課。不是已經請假了嗎？但是我和小公主還是乖乖的去了。

現在是早上十點鐘，我帶著小公主上學去，幾乎每個路人看到我們，穿著制服在馬路上走著，不免多看幾眼，這個時間不該有學生出現在大馬路。

「哥，爸爸還會離開嗎？」小公主問。

「不知道。妳問這個幹嘛？」

「這樣哥哥就不用再為了我的午餐費擔心了。」

聽到小公主的話，心裡又是一陣酸楚。

「小公主最懂事了。午餐費妳不用擔心，哥哥已經存好100年的午餐費了。」

「真的嗎？什麼時候？」

「不告訴妳，這是祕密。」

「小氣鬼。」

我送小公主到學校後，也趕緊上學去。高中的學業愈來愈重，我既沒有補習，複習功課的時間更是少得可憐，只憑著專心上課，用功的做筆記，想盡辦法在課堂上就把所有的東西學會。

幸虧老天爺是公平的，雖然他給我一個非常特別的家庭，但是他也補償我一個聰明的腦袋瓜，讓我讀起書來，如魚得水，游刃有餘。我想，老天爺賞給我一個厲害的腦袋瓜，也間接說明著——如果不這樣，我可能活不下去。

那憲怎麼說呢？家境好，人長得帥，又有錢，功課也相當好。老天爺你可以給我答案嗎？我真的想不通。算了，不想也罷，多想只是拿石頭砸自己的腳，搞得自己難過。

前兩節課已經結束，第三節課開始，是數學課。

老師今天教的是「多項式函數」，我翻了一下數學課本，憑著自己對於數字的敏銳與熱愛，這一章的習題，大概的解題方式與技巧，對我來說，都沒有問題，甚至不需要老師的講解，我應該都知道怎麼做。

我認為我是**天才**，不過只在學業的領域。

我實在沒有太多的讀書時間，造就我必須快速的瞭解課業的內容，可能是這樣的關係，逼迫我必須聰明。

本來我以為這沒什麼，但是當我慢慢體會到，別的同學根本無法跟我的能力相提並論的時候，才驚覺我的能力很不平凡。

甚至，有人開始叫我**天才**，還當著我爸的面說，我是「壞竹出好筍」。這件事真的很奇妙，我也漸漸的認為我是個天才，我要再聲明一次，只有在課業的部份，其他的部份就沒了。

我享受著對於課業如魚得水的感覺，因此我更愛讀書了，因為天才的關係，我始終可以考高分，對我而言，這件事簡直比吃飯還容易。

在讀書的過程中，得到在別的時候無法得到的成就感，掌聲與讚美。我必須承認，真的很享受，我宛如是世界的王者，而且這個王位，並非有錢就可以買得到。

所以，我喜歡上學，我喜歡考試，我喜歡念書，因為當王的滋味真是過癮啊！哈！哈！哈！

這過程相當奇妙，或許我本來的記憶力可能沒那麼好，邏輯推演能力也普通，但是當我慢慢認為我是天才時，我像發了瘋似的熱愛讀書，任督二脈竟然因此而打通，我的記憶力愈來愈好，邏輯推算能力也突飛猛進。像是我本來就熱愛的數學，看到同學都必須紙筆演算，以熟悉解題的技巧；但是我不用，我只要在心裡找出解題需要的步驟與公式，再把題目的數字套進去，答案就儼然在我的腦海浮現。

天才固然使人稱羨，但是我說過，老天爺是公平的，瀞因為我的天才跟我在一起，卻不能長久。

「你昨天找我有事嗎？」瀞問。

「沒事了。」我說。

「以後若有任何困難，請不要吝嗇找我，就算不是男女朋友，我們可以繼續當朋友。」

「謝謝妳。」

「小公主最近好嗎？」

「她很好，謝謝妳的關心。」

從starbucks的紙袋裡面，滸拿出兩個禮物，一大一小，包裝紙的樣式都一樣。滸先拿出小的禮物。

「這是我送給小公主的聖誕禮物，麻煩你幫我轉交給她。」滸換拿了大的那一個，「另外，這個是給你的。」

聖誕節？今天是聖誕節，我竟然沒注意到。

「我想，不用了。」我拒絕滸的好意。

「小安，我們還是朋友。」

「我～～～」我不知道要說什麼。

「如果你不收禮物，代表著我們連朋友都不是了。」

我的腦袋好像被抽成真空，到底要不要收這個禮物。收了，代表我們真的只是朋友；不收，我們連朋友都不是。

為什麼我機伶的腦袋瓜，每到重要的時刻，都不能做出最棒的判斷呢？

我瞥了一下滸，滸的眼睛定定的直視著我，我馬上縮回我的視線。

我已經無路可退。

「謝謝妳。」

我收了不知道該不該收的禮物。

憲走了過來，故意在我的面前，對著瀞說：「瀞，今天是聖誕夜，不要忘記今晚的聖誕晚餐，那一家可是排了好久的隊，才訂到的高級餐廳。」

原來，今天是聖誕夜。

「我知道。」說完，瀞回看了我一眼。

「你們在一起了嗎？」我問。

「嗯。」瀞的眼神開始飄動，跟剛才堅定的眼神有著天壤之別。

「是在跟我分手之前，就在一起了嗎？」我問。

「小安，我等下有事，必須先走了，聖誕快樂。」瀞急急忙忙的離開教室。

她的沉默，已經是答案。

「瀞不說，讓我來替她回答，沒錯，在她還沒跟你分手之前，我們就在一起了，怎麼樣？失敗的感覺很不好受吧，哈哈哈。」憲說。

面對憲的挑釁，我差點被惹得抓狂，但是我命令自己要冷靜。

我瞪著他。

「不爽嗎？人家不要你，我哪有什麼辦法？」憲故意說。

「有種考贏我！」

我不甘示弱的說，接著就趕緊掉頭離開，若是再跟他吵下去，我的情緒將會失控。

＊　＊　＊

放學的時候，仔細看著街道，各家商店果真都裝飾起聖誕節的燈飾與佈置，過節的氣氛相當濃厚，為什麼之前都沒注意到呢？

節日總是帶給人們歡慶與幸福，但是也常讓人感受到寂寞與孤單，尤其當你是一個人的時候，你會覺得好像被世界所拋棄，是多餘的。

看到一對對的情侶，在我的眼前有說有笑，使我想起去年聖誕夜，雖然沒有到高級的餐館享用聖誕大餐，但我和瀞選擇了一家平價的義大利麵餐館，一起共進晚餐，記得我點的羅勒海鮮義大利麵，令我相當難忘：蝦子、花枝、淡菜、干貝，搭配義大利寬麵，包裹著香氣濃厚的羅勒醬，還帶點堅果香，最重要的是，份量相當夠，還附水果沙拉、飲料與甜點，只要二百五十元，真的很划算。

瀞點了白酒蛤蠣義大利麵，對她而言，份量太大，所以我就有口福，白酒襯托出蛤蠣的鮮甜，蒜味若隱若現，看似清淡，滋味卻豐富，好吃極了。我們吃得相當盡興。

本來，還一起約定今年的聖誕節還要再來這家餐廳用餐；但是，現在卻是瀞跟著憲一起享用耶誕大餐，想必一定是很高檔的餐廳，美麗舒適的用餐環境，加上精緻的餐點，完美的聖誕夜。

而我呢?失魂落魄的在街道走著。

聖誕歌曲若無其事的繼續唱著。

沒關係，日子總是要過下去。

雖然是聖誕夜，可是蔡叔可沒有放假，我往廟口的方向走去，準備打工。

到達麵攤時，竟然看見老爸站著與蔡叔攀談，小公主則是坐在最角落的位置寫作業。

寒流來襲，風有點大，氣溫比起昨天還要更低。

先跟蔡叔和老爸打聲招呼後，老爸當著蔡叔的面前，叨唸著，要我聽蔡叔的話，努力工作，不可以摸魚等**官方話**；當然，我覺得這是故意要說給蔡叔聽的。果不其然，蔡叔也懂得**官方話**，馬上在老爸的面前，扎扎實實的讚美我一番。說也奇怪，官方話真是一種特別的語言，不外乎相互貶低自己，再褒揚對方，虛情假意的刻意謙讓，以使得別人有機會趁機誇美，真的搞不懂，大人為什麼喜歡玩這樣的遊戲。

其實，後來我才曉得，暗地卻是充滿較勁與調侃，針鋒相對，互別苗頭，之間的角逐鬥爭，煙硝味十足。

我極討厭官方語言，對他們而言，是一場遊戲，我變成了他們的玩具，暗地較勁的玩具。更可悲的是，我不可以逃跑，否則就會被視為不禮貌，或者沒家教，必須得站在那裡，**陪笑**，接受他們的評頭論足，更慘的是，我聽得懂哪些話是真的，哪些是假的，難過死了，這是天底下的酷刑之一。

對了！至於你什麼時候可以走，他們會下指令給你，你無須著急，你只管陪笑就對了。笑，也是種學問，忌諱大笑、皮笑肉不笑，只管傻笑就對了。

「還站在那邊幹什麼？」終於等到老爸的指令。

還有不要忘記一件事，等到大人下指令給你的時候，當然絕對不可以表現出，老子早就想走的樣子，最好，還能禮貌性的打聲招呼再走，你會贏得一片掌聲——真是個懂事的孩子啊！記住，這時候你得馬上離開，因為這是暗號，意味著他們要聊些大人之間的事，通常不外乎是，別人的八卦與醜聞，那種沒營養的東西，不聽也罷。

當他們打發你的時候，你就解脫了，對他們而言，你已經沒有利用價值，若你不識相，還呆呆的站在那裡，相信我，他們會轟你走的。

所以，請你讓自己退場，退得漂亮一點。

這下，我可是樂得去找我的小公主，她真實多了，可愛多了。

「我的小公主，妳在做什麼啊？」我調皮的捉弄著她。

小公主馬上撲臥，遮掩擺在桌上的卡片，我必須說，我早就看到她在畫卡片。

「祕密！你不可以偷看。」小公主嘟著嘴說：「你趕快去工作啦！」

「妳竟然趕我？我不跟妳好了。」

「不是啦，我只想給哥哥一個驚喜。」

「什麼驚喜？」

「現在不可以說，說出來就不是驚喜了。」

「好啦，那我就不打擾妳製造驚喜了。」

「哥哥是全世界最好的人了。」

是嗎？我是好人嗎？我承認我可能是某個方面的好人。不過，當好人真累啊！有時候我真的不想再當好人，當一個可以不顧一切、隨心所欲的壞人，多爽啊。

不過，在小公主的眼中，我是個好人，而且還是全世界最好的人，我非常開心，我要繼續當小公主心裡面的**好人**。

小公主與老爸他們最大的不同，小公主永遠說真話，就算她想掩飾某些事情，也使用真話掩飾。

我不打擾小公主，想也知道她正在製作送給我的聖誕卡片，但是我還是滿心期待。

今天還真是冷，我轉開水龍頭，水流如一根根尖銳無比的冰針，朝我的手猛戳著，搞得我的手又痛又凍，但是又不得不做，咬著牙，搓洗著髒抹布，再把桌椅擦乾淨。不過，這地方的風沙大，擦拭乾淨的桌椅，不需要多久的時間，沙塵又會調皮的幫你套上一層無瑕的塵沙。

沙塵可能覺得這遊戲好玩，我只好當個好人，繼續陪玩。

＊＊＊

等到麵攤忙完，回到家已經九點半。

老爸坐在客廳，算著他的**名牌**，他有一本祕笈，也就是算牌的筆記本，他不容許任何人查看裡面的內容，就連我也沒看過，筆記本不大，跟一個長皮夾的規格差不多。

他的祕笈從不離身，平常都放在外套的暗袋，連睡覺的時候，也會把它放在枕頭下面，確保安全，才能安心入眠，可見祕笈對他而言，多麼重要，比錢還重要，至少他不會把錢放在枕頭下睡覺。

這本祕笈連我都沒有仔細看過，只記得有一次，老爸上洗手間忘記帶，相當不常見，由於他總是與他的祕笈形影不離，我見機不可失，拿起來翻閱，正當翻開第一頁時，就聽到廁所門把轉開的聲音，我趕緊物歸原位，一副若無其事。

說實在的，他真的是一個怪人，就算你不認識他，透過一些線索，你一定也能在茫茫人海裡面，輕易的就找到他。

一年四季，他總是穿著一件紅色夾克，像李敖一樣的紅外套，當然材質不可能像他一樣好。照理說因為四季都要穿，所以應當符合一些規格：第一，不可以太厚重，要輕薄，不至於夏天穿的時候，惹人奇異的眼光投射；但是冬天又要有保暖的效果。

普通夜市的便宜貨，怎麼可能有這種規格，他那件號稱陪伴他好幾十年的紅外套，既笨重，保暖效果也不大好，真搞不懂老爸為什麼就愛它。

夏天的時候，你可以看見一個頭髮花白的中年人，穿著一件厚重的紅外套，在街上走著，多怪異啊，每次跟他出去的時候，都要跟他保持一定的距離，裝作不認識。

冬天的時候，更精采了，因為厚重的紅外套不能提供適度的保暖，因此他必須在夾克裡面，先穿件衛生衣，再加件套頭的毛衣，最後還硬要穿上他的長襯衫，我想是因為方便胸口處有個口袋，以利他插筆，才把紅外套拉上，像極了一隻胖企鵝。

可不只如此，老爸相當怕冷，可能也是他瘦弱的身子，沒有足夠的脂肪提供應有的熱量。除了穿上那麼多的衣服，冬天出門的時候，灰白色的毛帽，圍巾絕不會少，還有他習慣把毛襪拉高，塞進西裝褲毛襪裡，他說寒風才不會鑽進去，真是怪異到極點，可是他卻不以為意。

唯有裝備齊全，他才會出門。

附近的小朋友給他取了個外號，相當貼切，喊他：聖誕叔叔。

真是不得不佩服小朋友的創意，每次聽到小朋友喊他聖誕叔叔，我就會噗哧想笑，但是老爸卻是滿大方的，會熱情的向小朋友打招呼，若是口袋有點錢，還會買零食給他們吃。

難怪小孩那麼喜歡他，還叫他聖誕叔叔，多大的榮譽。

不知道是小朋友好騙，還是……

去年，實在看到他的紅外套已經破爛不堪，省吃儉用存錢，到百貨公司買了一件七千多元的名牌夾克，還是週年慶打折過的，理所當然的是紅色的夾克，拜高科技之福，採用一種特殊的材質，號稱可以吸濕排汗，還可以防水，冬天保暖，夏天透風，但這件外套真正吸引我的地方，在於非常輕薄，我滿意得不得了，因為沒有人比我更清楚，他的需求是什麼。

而且這是我和澥做了好久的功課，才找到這一件，應該沒有任何人比他更適合這一件紅夾克了。

我送他當作聖誕禮物。

當他收到禮物的時候，相當開心，知道他很喜歡，自己也很感動，因為辛苦存得那麼久的錢，總是希望老爸會中意，否則之前的辛苦，就顯得沒意義了。看到老爸的笑容的時候，我真的好安慰。

但是感動卻沒有維持太久，老爸只有聖誕節那天穿了一下，隔天就換回舊外套了，一直到現在。

我真的對這件事耿耿於懷。

直到有一天，我才知道那件破爛的舊紅外套是老媽買的。

我釋懷了一些。

老爸正專心的拿起他的筆，在客廳的桌子上，認真的思量，計算，書寫，我認為這是老爸最好看的時候，他散發出一股難以言喻的魅力。

他專心的程度，甚至連我進門都沒察覺，為了不打擾，我放輕腳步，緩緩的進入臥室。

「哥哥，你回來了啊！」小公主格外興奮。

「不知道小公主的驚喜做好了沒啊？」我故意說。

「做好了。」小公主露出大微笑。

「在哪裡？我怎麼沒看見？」我說。

「你要把眼睛閉起來，才看得到。」小公主說。

我聽話的闔上眼睛，「怎麼還沒看到驚喜？驚喜在哪裡？」

「等一下嘛，眼睛不可以偷張開。」小公主提醒。

「好了沒？為什麼驚喜要那麼久？」

一陣叮叮噹噹後，現在已經一片寧靜，反倒激起我的好奇心，雖然已經猜到小公主要送卡片，但是我的心裡真的開始期待。

「好了，請睜開眼睛。」

我慢慢的睜眼，小公主站在我的面前，手上拿著一張卡片，剎那間，心裡竟然揚起一片感動。

小公主遞上卡片給我，「聖誕快樂。」

「聖誕快樂。」我回應。

卡片是由圖畫紙做成，畫著我和小公主手牽著手，一起快樂唱著歌，卡片周圍畫了一個個像罐子的東西，但是我不確定是什麼，說實在的真的很抽象。

我抱起小公主，問說：「要不要告訴哥哥妳畫了什麼？」

「我畫了哥哥和我一起喝很多養樂多，慶祝耶誕節。」

原來，那個像罐子的東西是養樂多。

「那我們背後兩團黑黑的東西，那是什麼呢？」我好奇的問。

「那是爸爸和媽媽？」小公主說。

「為什麼是黑黑的？」

「因為他們不乖，壞壞，所以沒有養樂多喝變得黑黑的。」小公主說。

「怎樣壞壞？」

「他們都不常回家，哥哥每天回家，所以乖乖。」小公主說。

「嗯。」我不知道說什麼。

「哥哥，你有一天會不會也不回家了？」小公主問。

「不會，哥哥會每天回家陪著我的小公主。」

「哥哥最棒了。」

「哥哥也有準備給小公主的聖誕禮物。」

我從書包拿出兩罐養樂多，回家時經過7-11買的。「小公主，聖誕快樂。」

「兩罐嗎？」

「兩罐都是給妳的。」

「謝謝哥哥。」

小公主習慣插吸管慢慢的品嚐。

「還有一罐啊？妳怎麼不喝？」我問。

「我想留給**她**？」小公主說。

「**她**是誰？」我問。

「不告訴你。」小公主說。

「不說就算了！」我轉換話題，「小公主，其實爸爸媽媽應該還是很愛我們的。」

「我知道。」小公主說。

「妳怎麼知道？」我疑惑著。

「其實，小公主也很愛爸爸和媽媽，還有**她**。」

「**她**是誰啊？」小公主說著我聽不懂的話，我被她搞得糊塗了。

「祕密。」小公主說。

「一定是瀞姊姊。」我猜測。

「我可不告訴你，因為是祕密。」

「小氣鬼，不說就算了。」

接著，我拿出瀞送的禮物，小的給小公主，大的我留著。

我們兄妹倆坐在床邊，一起拆著禮物。

我的禮物是一隻黑色的casio最新款的電子錶，沒想到瀞如此懂得我喜歡什麼東西，簡單利索的設計，大方卻不花俏，我相當吃驚瀞對我的瞭解；而小公主的禮物是Hello-Kitty的小保溫瓶，她樂得在床上又跳又叫，對禮物相當滿意。

「我好喜歡瀞姊姊。」

小公主，我知道妳很喜歡瀞姊姊，但是哥哥和她分手了，以後可能妳就不能常看到瀞姊姊，但是哥哥會像瀞姊姊一樣愛著妳。我心裡默默想著。

「小公主，該睡覺了。」我說。

「好，我要繼續聽《小王子》。」小公主說。

「好，妳趕快躺好，故事要開始了。」

> 但是我不願意人們很隨便的看我這本書，我是在悲痛的描述我的回憶。六年前我的小朋友帶著他的小羊走了。我寫他的故事是為了不忘記他，忘記自己的朋友是最令人傷心的事了，因為並不是每個人都有一位朋友。假如我忘記了他，我就可能變成其他成年人一樣只對數字感到興趣了……

小公主睡著了。

疲倦漸漸的襲捲我的意識，我趕緊洗澡，正打算快速溫習功課的時候，老爸走進臥室。

他手上拿著一張紙條，交給我。「明天到**他**那邊幫我買地下的，要買什麼號碼和買多少，我已經都寫在紙條上，你拿給**他**，**他**就知道了。」

「我不要。」

「你現在是怎麼樣，我說的話，都可以不聽了嗎？」老爸聲音加大。

「那你為什麼不自己去？」

「你現在是怎麼樣？要跟你老爸衝起來嗎？」

「我不去。」我再度表明自己的立場。

「若是我能去，早就自己去了，還要看你的臉色嗎？」

「你就是那麼懦弱，老媽才會跟別人跑。」

老爸一個巴掌，直接朝著我的臉轟了過來，左臉頰一陣刺痛，這是老爸第一次對我動手。

我狠狠的瞪著他，他好像有點手足無措。

他從口袋掏出一疊千元大鈔。「這裡有三萬塊，是上次欠**他**的錢，再加上這次要買的錢，如果不夠，說贏了錢再還**他**。還有沒幫我買，你試看看。」

他逃走了。

但是，我逃不了。

留下不知所措的我。

我痛恨老爸軟弱的個性，他總是眼睜睜看著事情，血淋淋的發生，而不置可否，一副無所謂的樣子，也不積極戰鬥爭取，好像一切都是必然，直到事情到了不能挽回的地步。

他總是沉默，無止境的沉默，令人害怕的沉默，導致沒有人能瞭解他。

我從來沒聽過他抱怨，他總是沒有太大的情緒，除了中獎時的狂喜，不過也只是在他的嘴角泛起幾道漣漪而已。

我難以想像他心中多麼的苦悶與壓抑。

他唯一的樂趣就是簽賭。

倘若你認為，他像是你平常看到的那種不入流的流氓賭徒，你可就大錯特錯。

他既不抽菸、不喝酒，也不嚼檳榔，除了小朋友之外，從不隨便與人攀談，在我的眼裡，他是個超級神祕的**高級賭徒**。

其實，在他還沒有成為專業賭徒的時候，可是個人人稱羨的科技業工程師，收入豐腴，賭只是他的怡情活動。

直到許多年前，台灣嚴重經濟不景氣，尤其是高科技產業更是慘不忍睹，紛紛放起無薪假，最後老爸遭到裁員。

從此，他的話更少了。

他試圖尋找一些工作，例如到私人的電腦公司上班，也曾經當過一陣子的保險業務員，甚至還到麥當勞工作過。其實，我不得不佩服他可以將自己的身段放得如此低，從事薪資較低的工作，事實上這可是要放下多少的自尊，換成是我，我可能做不到。

之前，他面對的是機器，除非你願意，否則可以不用跟機器講話；現在不一樣了，他必須與人溝通，對他而言，是個非常大的挑戰。

所以，工作都維持不到兩個月，原因很簡單：他不大愛講話，也不大笑；偏偏不笑的時候，就是一副臭臉樣，別人還以為欠他多少錢。其實，他只是不想笑，並沒有惡意，我明白，但是別人可不明白；再加上他怪裡怪氣，你想想他的打扮——夏天穿外套，冬天襪子還拉到褲管，不怪嗎？

我看，這世界可能只有我瞭解他，就連老媽可能都不瞭解他。

他也試過國考，以他的能力應該有機會。總之，他就是沒那個運，不是差一分，就是差零點五分，與鐵飯碗無緣，總共考了五年，失望了五年。信心一點一滴的被摧毀，戶頭的存款愈來愈少，他放棄了。

他找到了他的第二春，當個職業賭徒。

我不得不承認，這個職業非常適合他，一來不用跟別人接觸，二來可以賺錢，但是我必須要說，更常賠錢。但是，我對數字的敏感，是遺傳到他的。他對數字的敏感度，比我更好、更可怕。或許，他真的可以靠著對數字的敏銳，養活我和小公主。

但是，他失敗了。

我氣憤的不是他的失敗，而是他的逃走。

他以為逃跑，事情就可以解決，但是事情只會發酵得更嚴重而已。作為他兒子，必須幫他擦屁股，收拾善後。

他也不會說聲「感謝」，或者戒賭，他總是在他的世界裡活著。

我的臉頰依然隱隱作痛，甚至還伴隨著耳鳴。

我的心情依舊委屈，不過我真的不該如此刺激老爸。老媽的離開，或許不單單是老爸的錯，而我竟然殘忍的怒掀老爸碰不得的痂，讓鮮血直噴。

我到現在才如此瞭解，其實我也那麼的不懂老爸。

這一剎那，我突然好想瞭解他，走進他的世界，坐在他旁邊，就算不說話也沒關係。

我要怎麼做呢？

對了，我要先讓自己變成賭徒。

不對，**我命令自己成為賭徒**，而且要是個成功的賭徒。

說到賭徒，差一點就忘記，每天睡前的儀式：刮刮樂。

我先把老爸給的紙條收進皮夾，老爸的紙條是由許多的數字組成的密碼，紙條還畫了幾顆星星，我不是很懂，總之，這些應該都是要簽賭的數字。

我無心研究。

在整理過書桌後，物歸原位，整齊清潔，我的心情也平復許多，再次拿出抽屜的小金磚。

今晚美麗的數字是016291-055，老爸回來的第一天。

依例，先刮出彩券裡面的「幸運號碼」，這次有18、19以及47，三個號碼。

我的手並沒有停止，馬上朝「您的號碼區」刮，17，22，23，56，13，27，51，11，44，42，35。

轉眼間，只剩下最後一小塊銀箔，刮除之後，47。

中了，連續兩天中了，趕快刮開下面的獎金，五萬，數一數有四個0，哇噻，中了五萬塊。

我興奮的簡直要跳起來，但是我命令自己要冷靜。

我抱著016291-055，微笑入眠。

＊＊＊

「不要忘記我交代的事。」隔天一早，老爸不忘再次提醒。

小公主手上握著她的新水壺，一路上不時打開她的新水壺喝著溫開水，一副幸福的模樣。

送小公主上學後，我獨自走到校園。

昨天是聖誕夜，今天是聖誕節，學校有許多小活動，所以每個同學看起來精神奕奕。

有些女同學還刻意選擇紅色的圍巾，或者是墨綠色的毛帽，校園被妝點得生氣勃勃。

晨間活動在學校的大禮堂進行，幾個社團聯合負責這次的聖誕演出。話劇社演出《賣火柴的小女孩》，其中飾演小女孩的是個身高一百八十公分、虎背熊腰的大男生，形成一股相當突兀的反差，男扮女裝，魁梧的身材卻穿上可愛的小洋裝，隨時可能一個不小心就會把小洋裝給撐爆，光是打扮就讓人噴飯，搞笑的台詞更讓同學陷入瘋狂，以及吶喊，簡直快把禮堂給掀起。

接下來，熱舞社的表演，也是抓住最近的發燒議題，大跳韓國明星自創的騎馬舞，將近三十人的陣仗，差點將舞台擠爆，不過一群人一起扭腰擺臀，動作整齊劃一，搭配節奏明顯的舞曲，果真有一股難以形容的魔力，讓你的身體不自覺的也動了起來。

主持人是康輔社的社長和副社長，一搭一唱，時而說麋鹿（迷路）找不到聖誕老公公的冷笑話，時而開學校老師的玩笑，把大家逗得東倒西歪，當大家都還意猶未盡的時候，主持人拿起麥克風，介紹接下來是由吉他社所帶來的精采節目。

現場響起如雷的掌聲，舞台燈緩緩暗去，但依舊可看得見吉他社的同學，有的在舞台上擺起幾個高腳椅，有的忙著測試麥克風，有的擺音箱，還有譜架，準備就緒後，幫忙的同學逐漸離開。

接著，舞台的燈慢慢點亮，吉他社的成員才慢慢走出，他們都戴著紅色聖誕帽。首先，是由吉他社員八個成員，帶來一連串的聖誕組曲，第一首，是每逢聖誕節，就必定會聽到的〈聖誕夜〉，緊接著是〈Santa Claus is Coming to Town〉。

驚奇的是，在第三首歌〈We Wish You a Merry Christmas and Happy New Year〉的時候，全部的成員把吉他換成烏克麗麗，那是目前最流行的樂器，小小的一把，攜帶方便，乍看之下宛若吉他的縮小版，但是吉他有六根弦，烏克麗麗卻只有四根而已，這是最大的差異。他們自編一套簡單的舞蹈，有點像日本的palapala，隨著音樂節拍，搭配腳步的變動、扭腰、擺臀、搖肩，時而搖晃烏克麗麗，時而高舉，相當逗趣，大家還主動隨著音樂打起節拍，相當投入。

三首歌曲結束，舞台燈慢慢暗下，帶著聖誕帽的吉他社成員，走下舞台。現在，舞台上只留下兩張高腳椅，和兩個譜架。待舞台燈緩緩亮起，已經有兩個人，坐在高腳椅上，是憲，對吼！都忘記憲是吉他社社長了。

而，另外一個是澌。

他們一左一右，鎂光燈聚焦在他們身上，澌穿的是一件白色T-shirt加上牛仔單寧背心，搭配牛仔褲，展現出一雙修長的腿，和標緻的身材，波浪大捲髮，襯托出精緻的瓜子臉，特別的是澌手上那把大紅色的吉他，上面還有個可愛的小雪人，相當亮眼；而憲則是白色的襯衫，搭配牛仔褲，還刻意搭上綠色圍巾，一紅一綠，巧妙的聯繫耶誕主題，也相當高雅。

王子與公主的組合，使得現場同學陷入瘋狂。

話題一直是製造氣氛最好的工具，那是最好的調味料，使得許多不起眼的事，變得讓人期待，且津津有味。他們互看著彼此，一起點頭數著一、二、三，同時刷下琴弦，清亮的弦音，使得全場頓時安靜下來。

第一個和弦下來，是K歌情人的電影主題曲，〈Way Back Into Love〉，雞皮疙瘩一瞬間爬滿我的身體，一個又一個的音符，使頭皮一陣又一陣的發麻，我的淚不受控制的流下，沒人發現。

I've been living with a shadow overhead
I've been sleeping with a cloud above my bed
I've been lonely for so long
Trapped in the past, I just can't seem to move on
I've been hiding all my hopes and dreams away
Just in case I ever need them again someday
I've been setting aside time
To clear a little space in the corners of my mind
All I want to do is find a way back into love
I can't make it through without a way back into love
Oh oh oh
I've been watching but the stars refuse to shine
I've been searching but I just don't see the signs

I know that it's out there

There's got to be something for my soul somewhere

I've been looking for someone to shed some light
Not just somebody just to get me through the night
I could use some direction
And I'm open to your suggestions
All I want to do is find a way back into love
I can't make it through without a way back into love
And if I open my heart again
I guess I'm hoping you'll be there for me in the end

There are moments when I don't know if it's real
Or if anybody feels the way I feel

I need inspiration
Not just another negotiation
All I want to do is find a way back into love
I can't make it through without a way back into love
And if I open my heart to you
I'm hoping you'll show me what to do
And if you help me to start again
You know that I'll be there for you in the end

沒想到，瀞竟然如此殘忍，選擇對我們而言，相當重要的一首歌曲。我並不曉得她為什麼要這麼做，若是她的目的是為了使我受傷，她的目的應該達到了。沒想到，她使用這種方式告別我們的愛情。

歌曲並沒有因為我的關係因而少唱一秒鐘，正當我回過神來以後，現場一片熱烈的掌聲，所有吉他社參與演出的同學共同謝幕。

鐘聲也在此刻響起，同學們紛紛離開座位，朝著自己的教室走去，準備上第一堂課。

我必須回神沉澱一下，所以等到同學都散盡，才慢慢步出禮堂。

此時，有個聲音叫住了我。回頭一看，是憲。

「怎麼樣？我表演得精不精采？」

「夠了，憲。」瀞阻止。

我的眼睛應該冒出兩把熊熊烈火。

「回來我身邊，好嗎？」我轉向瀞說。

「不可能。」

「為什麼？」

瀞的眼神飄了一下，才正視著我。「因為我不是真的愛你，你的爸爸是**賭徒**，我們不可能。」

瀞的話有些結巴。

「聽到了沒？賭徒的兒子。」憲插話。

「憲，你夠了！」瀞說，「我們走吧。」

瀞拉著憲的手臂離開。

我一拳揍在憲的臉上。

憲往後退幾步，嘴角流出血來。

「憲，你有沒有怎麼樣？」瀞驚慌。

「我沒事。」

「小安，你到底在幹嘛？」瀞說。

我的手還是緊握著，絲毫沒放鬆，我不只想揍他一拳，而是揍到他趴在地上。

「再來啊。」憲用食指挑釁我再過去。

「小安，不要。」瀞看著我。

「就算打死我，你老爸還是賭徒，你還是一樣窮。」憲說。

「憲，你不要再說了。」瀞阻止。

正當我一拳又要過去的時候，瀞為他擋著，我見狀，立刻收手。

「憲說得沒錯，就算打死他又怎麼樣呢？你爸還是賭徒，你家還是一樣窮。不要再鬧了，小安。」瀞對著我說。

瀞轉頭對著憲說：「我們走了。」

「如果大家知道高材生打人，那可就好玩囉？哈哈。」憲臨走前，對著我說。

「憲，不要這樣，饒了他吧。」瀞哀求著憲。

「妳在替他求情？」

「我沒有，只是畢竟大家都是同學，我已經是你的女朋友了，他已經什麼都沒有了，可憐可憐他吧？」瀞說。

「妳這麼說也有道理，好吧，我就可憐可憐他吧。」

「走了啦。」瀞硬把憲拉走。

「這一次算我可憐你，不跟你計較。」憲邊走邊說。

我的拳頭始終沒有放鬆。

可憐我？

我真的有落魄到需要別人可憐嗎？只因為我**窮**，只因為我爸是**賭徒**，這些是我能改變的嗎？

你們可知道，為什麼我爸要變成賭徒，因為他只想養活我們，只不過他沒有很成功，但是他很盡力。

雖然我的心裡討厭著老爸，但是當別人在我面前說老爸不是的時候，才發現自己多愛他，想跳出來幫他說話，說他其實不是壞人，要大家閉嘴，因為你們不瞭解他。

更何況，誰不想要一個有錢的老爸？多好。

不，我不要。

諷刺的是，有錢的老爸，養出來的孩子，就會像憲那副德性，噁心。

說真的，我爸可愛多了。

我現在只想，變成跟他一樣的賭徒。

因為，我是賭徒的孩子。

跟我爸不同的是，我會是一個很會贏的賭徒。

＊＊＊

早上發生的事，使得我的情緒一直在低氣壓，一種想哭又哭不出來的情緒，若是能好好大哭一場，或許還來得痛快，把所有的負面情緒都全部釋放。

我簡直快要窒息，坐在椅子上卻如坐針氈，我要瘋了。

雖然我已經命令我自己，不要再想，但是腦子就是不受控制，**可憐**兩個字一直在我的腦子不定時的跳出來，我就必須像玩打地鼠一樣，見一個，打一個。

整天，我就打著一隻又一隻的地鼠，打也打不完，愈打心愈浮。

這樣下去不是辦法，我試圖換了一個方式——轉移注意力。

我應該試圖把注意力移轉到老師的課堂上，不過數學老師所教的，實在太簡單，一點都無法吸引我，聽到他的嘰嘰喳喳，反而使我更煩躁。

來想想別的事吧，原子筆不停的在我的手上轉著。

那麼，我來想想**賭**這件事吧？

什麼是賭呢？

我在數學課本的空白處，寫了一個**賭**字。

賭？

賭應該是藉由猜測未知，若是猜中，就會獲得獎賞的遊戲。

若是如此，賭跟機率有很大的關係。

這想法讓我的注意力開始慢慢集中。

所以，大家才說賭是要靠運氣，運氣好就會賭贏，運氣差就只有輸的份。

但是我覺得這些說法都太過情緒化，其實應該更理性一點，若是算出機率，應該就可以增加贏的機會。

刮刮樂能靠著知道機率贏嗎？

我趁老師不注意，偷偷從口袋掏出小白，使用抽屜當作掩護，連上台灣彩券的網頁，點選了刮刮樂，發現台彩的網站，對於每款刮刮樂，均有詳細的介紹，舉凡玩法、中獎方式、細到各獎項的中獎機率，都鉅細靡遺的公布在網路上。

嗯，我找到滿意的答案，刮刮樂也可以透過機率大小，提高中獎率。

我對於要成為一個厲害的賭徒，愈來愈有信心。

我真的有效的轉移注意力，地鼠出現的次數真的減少了。

看來，我的身體裡面，可能潛藏著賭的資質。

後來，我刻意將自己的思緒，導向思考賭這件事上。

我得承認，我喜歡思考，思考可以使得我的情緒慢慢平和，不過這只是重點之一，最棒的好處是，我想更理性的看這個世界，還有我自己。

我真的很想瞭解這個世界是怎麼回事？

就當我沉浸在對於賭的不斷思考中，不知不覺一天也過去了。

在到麵攤打工之前，差點忘記要先做一件極度不想去做的事，我要到投注站去找**他**，將老爸交代的紙條給他，進行地下簽賭下注。

我小小的私心，希望他不在。

天氣仍然寒冷，但是今天又下起雨來，使得氣溫彷彿又更低。

我不喜歡下雨，雨水總是搞得各個地方濕黏不堪，真讓人難以忍受。

投注站就在眼前，我命令自己，深呼吸幾次，提起勇氣走過去，腦筋暫時停止轉動。

我必須說，唯有命令自己，才能讓我的腦筋暫時休息，然後產生行動。

投注站位在整排透天厝的最後一間，長形的黃色招牌最為醒目，尤其到了晚上，從遠遠地方就可以認出。外面擺了兩張方形摺疊桌，和幾張塑膠圓形長腳椅，方便簽注客簽注，裡面也擺上兩桌，但裡面的摺疊桌小了些。

若是你要進入投注站裡面，你必須從店面右邊的玻璃門進入，玻璃門的另一邊則是投注台，上面鑲上一面透明玻璃，貼著五花八門的刮刮樂。玻璃與投注台的交界，則挖了一個小拱門，方便投注客根本不用進入裡頭，從騎樓的小拱門就可以進行下注。

可能因為下班時間的關係，遠遠的，就可以看見許多投注客坐在騎樓簽注，我走了過去，推開玻璃門。

裡面有幾位約略五六十歲的中年人，正坐在裡面，與**他**哈啦。**他**看見我，滿臉詫異吃驚，過了幾秒鐘才回過神來。

「好啦，我們明天再繼續聊，我看時間也晚了，你們也差不多要回家吃飯了。」**他**明顯的準備打發在場的這些人。

他是這家彩券行的老闆。

這些人也識相的離開。

「有空再來啦！」老闆拍著客人的肩膀。

現在投注站裡面已經沒人，除了騎樓外的客人仍舊專心的算著牌。

老闆看了我一眼，「有什麼事嗎？」

我從書包掏出我的皮夾，拿出紙條。

「這是我爸要我交給你的。」

老闆打開紙條，拿起放在桌上的老花眼鏡，仔細端倪一番。

「你爸回來了喔。」老闆說。

「嗯。」我點頭，我心想，問那麼多幹什麼？

「這下子，你們兄妹就應該不會那麼苦了。」

「不用你管。」我再也忍受不了他的囉嗦。

「跟你老爸一個樣，脾氣倔得要死。」

「快一點，我打工快來不及了。」我就快失去耐心。

「地下的？」老闆再次看看紙條。

「嗯。」

「那錢呢？又想賒錢嗎？」

「沒有，少瞧不起人。」我說。

「那麼，加上次欠的，總共十萬塊。」

實在非常不想欠他錢，但是我也沒辦法，老爸給我的錢三萬塊，若再加上我昨天刮刮樂中的獎金50000塊，還有之前回來給我的10000塊，也只不過90000塊，還差10000塊。算了，錢不夠下次再還，自己還是要留些錢在身邊，以防不時之需，畢竟若是老爸再跑掉，我還有辦法可以養小公主。

「沒錢沒關係，看在老朋友的份上，我可以先讓他賒帳。」

「我爸說，先還你30000塊，剩下的錢，贏了錢再補給你。」

「他還是沒變，對自己還是那麼有信心。好，我就來看看這次他能贏多少？」

「你等我一下。」老闆逕自朝櫃檯走去，從抽屜拿出紙筆看著紙條，逐一登記老爸的牌支。

「咦，這個號碼是幾號，我看不大清楚。」老闆喃喃自語，「你可不可以過來幫我看一下，你老爸寫的是幾號？」

老闆用筆指了一下給我看。

我拿起紙條，仔細端倪一番，那個數字到底是1還是7呢？我看了老半天，還是搞不大清楚，又不敢隨便決定。

「我看你要不要回家問清楚再過來？」

不行，我打工會來不及，不能再遲到了。

「我打手機回家，你等一下！」

從書包拿出手機，滑動螢幕，竟然沒反應。慘了，今天玩手機，玩得太過分，沒電了。

「對不起，我的手機沒電了，我又沒有記我爸的手機號碼。」

「那打電話回家問。」

「家裡的室內電話為了省錢，早就停話，只靠著我的手機與外界聯繫。」

「你爸的手機號碼不知道換過多少次，我也不清楚，真是傷腦筋。」老闆搔著頭，「現在怎麼辦呢？」

「這個號碼買還是不買？」

「買。」我的想法是，若是不買，一旦中了，我不就死定了；但是，如果沒中，頂多賠點小錢而已。

「那要買11，還是17呢？」老闆再問。

這個問題比剛才的問題難上許多，我再次拿起紙條，認真研究一下，這個數字的前面兩個數字分別是1和5，後面三個數字是13、22、36，因此老爸可能是是按照數字的大小順序排列，那麼這個數字應該就是11，11的機率比17大上非常多。

我是個賭徒，一個成功的賭徒，絕對不是靠運氣，而是靠實力。

這是我當賭徒的第一場賭注，我賭11。

「11。」我大聲的向老闆說。

「確定？」老闆說。

「對啦。」我有點不耐煩。

「那我要寫了。」

老闆寫完之後，闔上簿子，接著老闆馬上打電話給另外一個人，將老爸的號碼下注。

「可以了。」老闆掛完電話後，對著我說。

「我要走了。」

「等一下，記得告訴你爸記得還錢。」

「知道。」我不耐煩。

「其實……」老闆試圖說下去，但是馬上被我打斷。

「對不起，我打工要遲到了。」

我轉身馬上離開，老闆拉住了我的手臂。

「留下你的手機號碼，中獎我才能聯絡到你，如果沒中，我才可以找到人要錢。」

「你放心，我不是那種人。」

我留下手機號碼給老闆後，加緊腳步離開。

「還有，若是你和妹妹有任何困難，可以來找叔叔，叔叔不是壞人，雖然……」老闆的聲音愈來愈模糊。

濕冷的天氣，沒人願意出門，所以麵攤的生意也顯得冷清。

沒有手機的夜晚，使我有點不知所措，站也不是，坐也不是，跟蔡叔也沒話聊。雨下得不小，雨滴打在帆布上，打在廣場上，今晚也沒有一個香客報到，冷冷清清，濕濕冷冷。

我和蔡叔各霸佔一個桌子，手捧著臉，撐在桌上，看著外面的雨中世界。我不知道蔡叔在想些什麼，但是我的腦子裡，都被「號碼對嗎？」這個問題所佔據，它在我的腦袋瓜轉了又轉，繞了又繞。

我真的很討厭不確定的感覺。

經驗告訴蔡叔不會再有人，我們提早收攤，回去之前，蔡叔還將剩下的滷味都要我打包回去，真是賺到了。

我踩著雨水，一手撐著藍色摺疊傘，一手拎著一大袋滷味，一個人在幾乎沒有人的街道一步步的走回家。

果然在我的預料之中，老爸早已經坐在客廳的沙發上等著我。

「買了嗎？」老爸問。

「嗯。」我將滷味放在桌上。

「老闆有說什麼嗎？」

「沒有。」我不想再講那些囉哩八嗦的話。

「真的沒有？」

「嗯。」我真的不想再說。

我直接回臥室，趕緊將我的小白拿到臥室充電。

我到底要不要告訴老爸呢？先不要說好了。這件事情有三種機率發生，第一，若是開出的號碼既不是11，也不是17，事情就省了，若是我現在就告知老爸，我替他決定了號碼，無論開出的號碼是幾號，必定會先招致一頓挨罵，不管怎麼算都是我吃虧，不划算。

第二，若是開出的號碼是17，而老爸寫的號碼也是17，但是我的誤判簽注成11，老爸必定大發雷霆，不過也沒辦法，就自認倒楣，摸摸鼻子，關掉耳朵，接受處罰。

第三，這是我最期待的狀況，就是開出的號碼是11，而老爸寫的號碼其實是17，陰錯陽差，反倒幫老爸贏了錢，將功贖罪，皆大歡喜，我默默祈禱著。

最後一種狀況，既開出11，也開出17，都只可能中一個，所以就扯平，應該不會被罵。

簡而言之，只要開出11，一切就搞定了。

雨水搞得我全身濕濕黏黏，我必須承認，我有點潔癖，整齊、乾淨、秩序，是我要求的，只要事情違背這些原則，就會讓我不舒服，心情不好，我必須要趕緊恢復到我認為舒服的狀態才行。所以，即刻我必須馬上去洗澡，把我的身體弄得一乾二淨。

洗完可以燙死人的熱水澡可真舒服，彷彿所有的病菌都被熱水給燙死了，我的身體又恢復乾淨純潔，頓時覺得好放鬆，身體瞬間好像減少十公斤似的。

老爸仍然在沙發上看著無聊的電視，因為家裡沒錢裝設有線電視台，所以只有幾個頻道可以看。加上收訊不好，時常得調整電視上面的接收天線，以穩定訊號，否則畫面就會出現幾千條、幾萬條的橫線，干擾著你的眼睛；有的時候，好不容易畫面清晰完整，聲音卻是嘰嘰喳喳，宛若電視裡面住著幾個三姑六婆，吵得半死。

像我的話，乾脆不看。

我到廚房去，從塑膠袋拿出滷味。不過，滷味在手提回家的過程當中，已經錯位凌亂，於是我細心的重新將滷味擺盤，我拿雙筷子，將油豆腐、豆干、海帶絲、油豆腐，分門別類逐一擺好；另外一盤，則是滷大腸、滷小腸、豬肝、滷蛋、肝連肉、豬頭皮，也是排得整整齊齊。

這些滷味都是我親自切的，我的使刀技巧可是在麵攤磨練五年之久，再憑著我對於需要精算的工作，總是可以拿捏得比別人好，所以切出來的滷味，厚薄度幾乎一模一樣，口感一致。況且，也因為快狠準的刀工，食材得到最小的破壞，因而鮮汁得以保留，美味自然不在話下。

即便如此，充實的內容，也需要吸睛的裝飾，所謂秀色可餐嘛！

我的擺盤功夫更是一流，舉凡份量少的，就使用小的紙便當盒裝，但是我一點也不馬虎，我迅速將客人要的滷味分門別類，接著開始唰唰唰，有節奏的切著，雖然我使用的是中式大剁刀，不只可以剁，也可以將海帶切得如髮絲，最後大菜刀一鏟，逐一把切好的滷味，安置在小便當盒狹小的空間，整齊又好看。

若是滷味的份量多，我就會使用大的圓紙盤，就像今天我帶回家的就是，在切之前，我會先在內心盤算著如何擺盤才美麗，日積月累的經驗，使得我只要看一眼食材的份量，就大概了然於心，再將切好的滷味，調整好間隔，順著圓盤依序擺盤，這時滷味就會像朵綻放的牡丹，非常好看。我敢說，許多顧客是衝著看我的切工秀，才造訪小攤子。

我端著滷味到客廳。

「怎麼沒看見小公主？」我問。

「她不是剛跟你回來，在房間裡？」

「她又沒有跟我回家。」我說。

「那她呢？」

「我怎麼知道？她應該今天五點就會到家。」我簡直不敢相信。

「怎麼辦？」老爸有點慌了。

「找啊！」我大吼，「我到學校去找，你到廟口蔡叔那裡找。」

在這一剎那，我感覺我還比較像老爸。

小公主到底在哪裡？

沿途，我睜大眼睛，不敢眨一下，對於任何移動的東西都不放過，我不想遺漏任何有關於找到小公主的線索。

雨仍舊不停的下著，沒有任何歇息的意思。

到達小學的校門口時，鐵門早就緊關，就連警衛室也空無一人，學校一片安靜。

小公主會在裡面嗎？應該不可能。

但是，我的直覺一直告訴我，到裡面去看看，不一定小公主真的在那裡。我最後相信我的直覺，爬過圍牆，跳到沒有老師，也沒有學生的校園。

隱隱聽到有人哭泣的聲音，我趨前走去，哭泣聲愈來愈明顯。光線實在太暗，導致我的視線相當差。我循著哭聲走，聲音好像是從走廊的盡頭發出。我繼續往前，雨水打溼地板，加上我實在看不大清楚前方，使得我的腳步不自覺放慢。

終於走到盡頭，是洗手間。哭聲確實從洗手間發出，而且是女生洗手間。

「是小公主嗎？」我輕喊著，可是沒有回應。

「是小公主嗎？」我再次從廁所的外面喊著。

聽到哭聲的節奏慢慢趨緩，我走進女生洗手間，這是我第一次到女生洗手間。

「是小公主嗎？」我的心情有點緊張，可能是因為洗手間很暗的關係。

「哥哥。」小公主說話了。

我終於鬆了一口氣。

「小公主，哥哥來了，不用怕，哥哥來接妳了。」

喀啦一聲，第二間廁所的門打開了。雖然仍舊看不清楚是誰，但是我一把將她抱入我的懷裡；小公主在我的懷裡，一陣大哭。

「不用怕，哥哥來了。」我輕拍著小公主的背。

我抱著小公主，並沒有馬上回家，我們坐在操場旁邊的階梯上，她在我懷裡安心的哭著。我並不想打擾她，想讓她好好的哭一場，而我則是眼看著大雨在操場上飄著。雨聲挾帶著小公主的啜泣聲，有種說不出的感傷，在我心頭隱隱作痛。

「小公主乖，不用怕，哥哥在這裡。」

＊＊＊

我揹著小公主回到家時，老爸已經在家。

「回來就好，回來就好，趕快去換衣服，衣服都濕了。」

小公主的身體發抖著，她的衣服已經濕透，不是雨淋濕的，而是汗水所致。我趕緊脫下她的衣服，幫她換上乾淨的長袖套頭T-shirt，再用毛巾擦乾她的頭髮。

「沒事了。」我說。

小公主破啼為笑。

「可以告訴哥哥發生了什麼事嗎？」

「阿米說，媽媽壞壞，所以跑去當別人的媽媽。」

紙果然包不住火，還是傳到小公主的耳朵了。

「媽媽不要我們了，但是還有哥哥。」我說。

該是時候讓小公主直接面對現實，不需要童話，不需要掩飾，而是赤裸裸的，童話不是我們生活在低下階層所需要的。那些自認為**高尚**的人，總認為我們可憐，需要糖衣保護，使得我們對未來能充滿希望。但是，那只是一層可笑到不行的糖衣，總有一天糖衣會褪去，褪去的時候，他們在哪裡呢？根本找不到，然後我們只會體會到社會的更冰冷。

我們不需要童話，需要的是勇氣，可以活下去的勇氣，然後寫出自己的童話故事。

我們並不需要買他們的童話故事。再說，他們只販賣，可不做售後服務。

當他們賣給我們的童話破滅時，他們就拍拍屁股，一走了之。

那時，誰管我們啊？

靠山山會倒，靠海海會枯，這是我知道的——凡是只能靠自己。

「媽媽不壞，我愛媽媽。」小公主說。

對於小公主的回答，我有點詫異，「媽媽」這兩個字，應該只是一個名詞，沒有任何意義，但是從小公主的表情，宛若她真有個媽媽，照顧著她。實質上，卻不是如此。

我緊抱著小公主：「還冷嗎？」

「不冷，就跟媽媽抱一樣溫暖。」

我將小公主抱得更緊，在小公主一出生，老媽就跟別人跑了，小公主應該連一次給老媽抱的記憶都沒有，她卻說出如此有詩意的話，真讓人心疼。

「哥，你以後可不可以，常給我媽媽的抱抱？」

「看妳要幾次都可以。」

「謝謝哥哥。」

「肚子餓了吧？我們到客廳去吃滷味，可是我為小公主切的滷味。」

「好。」

正當我們要出房間的時候，老爸竟然站在門口，所以剛才跟小公主的對話，他應該都聽見了。

「快，快去吃東西，滷味冷了就不好吃了。」老爸為自己化解尷尬，給了自己臺階下，卻把場面弄得更為尷尬。

「爸，你也一起來吃。」我試圖讓氣氛更為好一點。

「好，一起吃。」

我、小公主和爸爸一起在客廳吃著飯，我喜歡這樣的氛圍，家人一起聚在一起的感覺。

當吃到一半，老爸突然關掉電視，離開座位，走到前面打開電視櫃，搬出塵封已久的大紅色舊式兩門的卡帶式收音機，他用嘴巴吹吹附著在上面的灰塵，灰塵飄散在空氣中。

我趕緊拿走滷味，小公主也學我，拿走另外一盤，以免滷味沾黏灰塵，老爸不以為意。他順勢就把收音機放在桌上，我們兄妹倆屈著腳坐在沙發上吃著手上的滷味，看著老爸。

老爸插上收音機的插頭，收音機傳出沙沙沙的雜音，他隨手拿起旁邊的小圓凳一坐，把收音機面朝自己，手指慢慢的轉動位於收音機上方的轉輪，收音機傳出的聲音也開始變化，有的收音相當清晰，但是顯然不是老爸要找的電台，隨即就被老爸轉掉，又恢復沙沙的吵雜，接下來又明顯聽到有人談話的聲音，不過又被轉走，這樣的狀況持續五分鐘後，終於停下來。

老爸從他的紅色夾克裡面，拿出他的寶貝祕笈和他的筆，專心聽起廣播。

現在正在播放的歌曲是〈空笑夢〉，這是一台台語的地下電台，歌曲結束後，一個女主持人開始說話：

現在又終於到了我們觀眾的點播時間，歡迎你們的收聽。我來看一下，喔，這位觀眾是住在台東的王先生，今年四十歲，他家養了十三隻雞。

我聽到十三隻雞噗哧的笑了出來，主持人也太妙了吧，連人家幾隻雞都說出來，真的有點誇張。

女主持人繼續說著：

他家住在台東市市區，長沙街17巷5弄36號2樓。

我又噗哧笑了，差點被口中還在咀嚼的滷蛋給噎到，這主持人真的太妙了，人家不過點播歌曲，幹嘛還唸出他的地址，是深怕他沒人知道嗎？如果換成是我，就算打死我，我也會不會在這個節目點播。

我瞥頭看了一下老爸，卻發現老爸連嘴角都沒有動一下，而是認真在他的祕笈裡面寫些東西，他那麼大費周章的拿出收音機，難道只是為了將廣播當作是背景音樂嗎？還是，收聽這個有趣的節目，可以激發他算牌的靈感嗎？那為什麼電視不行？還是，他也有在這個電台點歌，不會吧！平常看似冷酷的老爸，竟然會做那麼煽情的事。不過，天啊，瘋狂的女主持人會不會也報出我和小公主的姓名，那可丟臉死了，希望不要。

最後，王先生最特別的是，他的胸部有三顆痣。要送給老婆一首歌……

哇咧，我捧著肚子大笑，王先生只不過點了一首歌送給老婆，有必要連他胸部有3顆痣都說出來嗎？主持人真是太無厘頭了。

他要點播送給心愛的老婆的歌曲，叫做〈心愛的再會啦。〉

旋律已經響起，歌曲開始播送。

我再也忍不住，大聲的狂笑。這個男子也太酷了，點播這首歌是預備和老婆分手嗎？如果被他老婆聽到，回家肯定算盤跪到死。

當我在大笑的時候，老爸竟然也冷不防的大笑，著實嚇了我一大跳。

我收起笑容，驚訝的看著老爸。

我多久沒看過老爸笑得如此開心了。

老爸舉起他的寶貝祕笈，手舞足蹈，相當振奮，「小安，終於讓我等到，我發財了。」

我看傻眼了，在我眼前的是我認識的老爸嗎？

他可是一向沉默、壓抑，現在卻有這種反差的舉動，真的嚇壞我了。

「你看，我中了5、13、17和36，四星。」老爸拿著他的祕笈展示給我看，「我們要過好日子了，我大概中了三百萬。」

我的腦筋現在有點轉不過來。

老爸熱切的跟我解釋：「你看，我不是要你幫我簽注1號、5號、13號、17號、22號、36號嗎？然後剛才廣播報的號碼是2號、5號，13號，17號，36號，以及40號，特別號是3號，所以我中了5號、13號、17號以及36號四個號碼。」

女主持人什麼時候報了號碼，我怎麼會不知道？他只說了王先生家有13隻雞，13隻雞？天啊！我懂了，根本不是王先生家養了13隻雞，還鬼扯王先生胸部有3顆痣，這下我可搞懂了，所有關於王先生的數字都是暗號，所以老爸認真的聽廣播，是為了記錄暗號數字，根本不管王先生家有幾隻雞，太酷了。這招真的太屌了。

但是，我現在有點笑不出來，老爸繼續說：「我簽了四星，必須中四個號碼，我剛好中了四個，所以我大概中了三百多萬，你跟小公主終於可以過好日子了。」老爸興奮的心情，毫不遮掩，完全寫在臉上。

我再次仔細看著老爸的祕笈本，其中5號、13號、17號以及36號，被老爸用筆圈選起來，就是中獎號碼。

我完了!!老爸紙條上的簽注號碼是17號，而不是11號。

偏不湊巧，竟然開出17號。

我命令自己鎮靜，不過我怎麼可能冷靜下來。

我問著老爸：「所以四星的意思指的是，要中四個號碼才能算中獎，如果只中了三個號碼，一毛錢都沒有嗎？」

「沒錯。」

老爸的回答就像顆大石頭，重重砸到我的腳，雖然鮮血直流，但是我現在卻連一聲都不能吭。

「老爸，你說，你能中多少錢？」

「大概三百萬吧，有沒有嚇到你。」

「有。」

我的頭皮發麻，雙腳發軟，連站都站不穩，我好害怕，怕極了，因為我的判斷錯誤，竟然讓老爸損失了三百萬，我該怎麼辦？

「你還好吧？」老爸問。

「還好。」

「對不起，兒子，老爸這幾年讓你受苦了，接下來你就可以好好安心讀書，其他事就不用煩惱了。」老爸哽咽。

「我現在就去找老闆領錢，我再也不用被看不起，過著躲躲藏藏的生活。」

「爸，天晚了，外面還下著雨，人家可能也關門了，明天再去吧。」不知道為什麼，我嘴裡自動冒出這些話。

「好。從明天開始，我們就是有錢人了。」

「爸，我累了，想回房休息，晚安。」

「早點睡，小公主妳也要去睡了。」

我癱軟在床上，害怕、自責、難過的情緒互相交雜，簡直快使我呼吸不過來，我沒有如此害怕過，不自覺流下眼淚，我將頭側向一邊，沒被小公主看到。

「哥，今天你還沒跟我說《小王子》的故事。」小公主說。

我試圖穩定情緒，接著說：「小公主，哥哥今天很累了，明天再給妳說《小王子》的故事。」

「好。」

非常感謝小公主的貼心。

沒想到，我當賭徒的第一場賭局，就輸得那麼慘。

賭輸的代價，竟然如此得大，要承受的不只是實質的財務損失，更可怕的是，賭輸所帶來的心理壓力，簡直將人逼入無止境的深淵，叫人喘不過氣來。

當初，我應該積極與老爸聯繫的，哪怕是打工遲到，都應該跑回家一趟，為什麼我沒去做呢？我好後悔，一時的偷懶讓自己陷入泥淖，不管自己怎樣懊惱，事實已經無法改變。

我無數次的命令自己冷靜。

命令很奇妙，若是對自己下命令，得靠著無比的意志力實行，我已經有著過人的意志力，所以絕對能服從自己的命令；但有時候，你的意志力會被你虛弱的身體所摧毀，或者被重大的事件徹底干擾你的平靜心靈，捲起你也控制不了的情緒風暴，這兩種情形都會造成你的力不從心，那就是我現在的狀況。

我的思緒宛若龍捲風，不斷的在襲捲吸收負面的情緒，並且緩緩的變強變大，簡直要衝破我的腦袋。

我再也受不了。

我坐起身來，沒想到自己的呼吸聲，竟然如此短促。

我看著旁邊已經熟睡的小公主，她的臉泛著潮紅，想必一定累壞了，像顆蘋果似的，要人羨慕。

我拉高枕頭，倚靠在牆頭櫃。

無論如何，我必須讓我自己冷靜沉澱，先杜絕自己的情緒風暴，找出解決的方式。

沒錯，就像解數學題目，遇到愈困難的題目，我更不可以自亂手腳，應該仔細看清題目，瞭解題目的全貌後，再逐一抽絲剝繭，看似複雜難解的外殼就會逐漸遭到瓦解，答案就呼之欲出。

所以，要解決難題的最大關鍵，必須**分析局勢**與**耐心**。

透過分析事件，我的腦子總算再度運作，情緒鬼影也消退許多。

現在，因為我賭輸了，導致老爸損失了三百萬，然後呢？因為這不是個數學題目，是個申論題，所以較為棘手難解。

我的腦筋徹底甦醒，遇到難解的題目，總是使人慌張，導致情緒風暴這隻大怪獸乘機而入，帶給我們無窮絕望，不過那都是錯覺使然，因為我們都沒有看清楚題目。我真正的題目應該是：

現在我欠了老爸三百萬元，我怎麼在老爸還沒發現之前，生出三百萬元還給他？

看清楚真正的題目真的很重要，而且只要是題目，就百分之百能解，否則它就不是題目。

縱使看清楚我的題目，但題目的確難解？不過，難解總比無解好。

我怎麼短期間生出三百萬呢？

＊　＊　＊

唯一的希望——刮刮樂，我開啟當賭徒之後的第二場賭局。

我毅然掀開棉被，不再留戀溫床的可愛，那只會滋生更多的煩惱與恐懼，我必須行動，唯有行動能讓事情有轉圜的機會。

正好牆上的大笨鐘，噹噹的敲打，現在已經是深夜十二點。

氣溫愈來愈低，我忍不住打了哆嗦，下意識的搓搓雙手，還真是冷啊！趕緊穿上長褲和披上外套取暖，然後坐到書桌前。

再次闔起雙手，從口中吹出熱氣，使得手不至於冰冷。

我打開抽屜，拿出我的小金磚，這就是我第二場賭局，所有的希望就落入這一場賭局當中，這是我解題的唯一辦法。

今晚美麗的寶貝是016291-056，老爸回來的第二天。

全部的希望寄託在這小金磚，我將它挪至到書桌的左上角，拿出016291-056，再取出硬幣，唰唰的刮起來。沒中。

現在，我不需要再有所顧忌，之前是因為老爸沒回來，小金磚是我的希望，使得我能養活自己和小公主的希望，現在不需要了，無論如何，老爸回來了。況且，老爸等待中大獎的希望已經如此多年，那種煎熬，我可以想像，我願意放棄我的堅持，用我的希望買老爸的希望。

我拿出今天的第二張寶貝，016291-057，繼續刮著，刮著我的希望，也是老爸的希望，中了，不過只是二百塊。

沒關係，只要還有刮刮樂，就代表著我還有希望。

第三張，016291-058，沒中。

第四張，016291-059，沒中。

第五張，016291-060，沒中。

第六張，016291-061，沒中。

第七張，016291-062，中了，一千塊，我的情緒跟著高漲。我挑起這張小美人，放在書桌的左上角位置。

第八張，016291-063，沒中。

第九張，016291-064，沒中。

第十張，016291-065，沒中。

我刮著一張又一張的刮刮樂，轉眼之間，已經刮了十張，重複的動作，使得我就像一台機器般，變化的只是中與不中的心情，但是其實起伏也不太大，可能就算中獎，也離我的目標三百萬，有一段不少的差距的關係。

除了挑出中獎的刮刮樂，其餘沒中獎的，我按照順序，再逐一的插回小金磚。

第十一張，016291-066，中了，二千塊，不錯。

第十二張，016291-067，沒中。

第十三張，016291-068，沒中。

第十四張，016291-069，沒中。

第十五張，016291-070，中了，一千塊。

第十六張，016291-071，沒中。

第十七張，016291-072，沒中。

第十八張，016291-073，中了，這次是一萬塊，不賴，終於有超過萬元的獎金了。

第十九張，016291-074，沒中。

第二十張，016291-075，沒中。

不知不覺，已經刮了二十張的刮刮樂，剛開始的時候，滿懷希望，但現在已經刮完一半的小金磚，收穫卻乏善可陳。

我有點疲倦，焦慮感也再度緩緩浮現，但是我還是繼續刮著。

第二十一張，016291-076，中了，二千塊。

第二十二張，016291-077，沒中。

第二十三張，016291-078，中了，三千塊。

第二十四張，016291-079，沒中。

第二十五張，016291-080，沒中。

第二十六張，016291-081，沒中。

第二十七張，016291-082，沒中。

第二十八張，016291-083，中了，這次是一萬塊，不賴，終於有超過萬元的獎金了。

第二十九張，016291-084，沒中。

第三十張，016291-085，沒中。

再刮了十張，只中了兩張。伴隨著刮刮樂的張數遞減，緊張的情緒也逐漸加溫。

沒關係，我還有二十五張沒刮，還有機會，我要的目標只有一個，就是頭獎，就算只剩下一張刮刮樂，我還是有中頭獎的機會。

第三十一張，016291-086，中了，二百塊。

第三十二張，016291-087，沒中。

第三十三張，016291-088，中了，五千塊。

第三十四張，016291-089，沒中。

第三十五張，016291-090，沒中。

第三十六張，016291-091，沒中，一百塊

第三十七張，016291-092沒中。

第三十八張，016291-093，中了，兩千塊。

第三十九張，016291-094，沒中。

第四十張，016291-095，沒中。

刮完第四十張，我數著中獎的刮刮樂，總共有十一張，累計的金額也只有區區幾萬塊，根本沒有用處。

依舊沒中的刮刮樂，再度插回小金磚。最後，我取出小金磚最上頭的六張，仍舊穿著一襲閃亮的銀箔衣裳，用手攏整齊，擺在我等下要刮的地方。

想了想，倘若這六張還是沒有中呢？

若是以理性看待，這六張剩餘的刮刮樂，與前面的一百張刮刮樂，有著相同的中獎機率，所以我還是保有希望。

其他的，就交給機率了。不過，我似乎慢慢感覺到，若所有的事都以理性的方式解決，或者使用數字的方式計算，似乎有點說不出的**奇怪**，我現在仍然搞不清楚，到底是什麼造就如此的感覺。

當務之急，我應當趕快完成這六張刮刮樂，當我刮中頭獎的時候，所有的事情將會海闊天空，我不須先擔憂，等到全部刮完，卻沒有好結果的時候，再擔憂也不遲。

我繼續刮著：

第四十一張，016291-096，中了，一千塊。

怎麼還是小獎？不知怎麼搞的，心跳竟然不受控制的加速。沒關係，還有五張。

第四十二張，016291-097，沒中。

我的心跳聲已經大到可以聽得一清二楚。加油，還有三張，還有機會。

第四十三張，016291-098，沒中。

心跳竟然暴衝，再怎麼也控制不了，現在只剩下兩張的機會，我的手在發抖，嚴重的發抖，甚至沒力。

第四十四張，016291-099，沒中。

我完全喪失勇氣刮最後一張，我的手不停發抖著，連續刮了四十四張刮刮樂，以致我的手指又酸又痛，甚至連硬幣都沒有辦法握緊。

我放開硬幣，硬幣靜靜的躺在小金磚的旁邊，硬幣的周圍都沾黏著銀箔，書桌上更佈滿刮除的銀箔屑，顯得有點髒亂，我無心思整理。

看著桌上的刮刮樂，我有點失望。

第四十五張，016291-100，我決定不刮，總是要留點希望，我不想過著沒有希望的日子。

剩下的，再想辦法吧。

賭輸的心情，是無以言喻的不甘願，甚至會使得你願意掏出僅剩的全部，當成賭注，試圖要把遺失的，全部贏回來，不過這卻是個大陷阱，讓你往更深的黑洞裡掉，老爸甚至將他的家庭當作賭注，並且已經輸掉老媽。

那種錐心之痛，懊惱不已，只有輸過的人才懂。

我呆坐書桌許久，看著眼前的刮刮樂，腦子很空，沒有任何東西，只有一股悶悶的情緒盤旋不走。

牆上的老舊大笨鐘，已經深夜一點。

手腳感到寒冷所帶來的微微刺痛，不過我還不想回床睡覺，只想呆坐在這裡，我用手環抱屈在椅上的雙腳，抵禦寒冷。

不需要多久，我的腳已經發麻，腰酸背痛，睡蟲也已經佔領我的腦子。

小金磚現在已經脫掉美麗的衣裳，我把今晚中獎的刮刮樂，和之前中獎的刮刮樂混在一塊，放在抽屜的另個角落；其餘沒中獎的放在另個角落，現在桌上只剩下第一百張刮刮樂，華麗的銀箔衣裳仍舊閃耀。

我把它收進抽屜最深處，然後上床睡覺了。

明天去跟老爸坦承，不管老爸怎麼處罰我，我都願意承擔，沒有怨言。

＊ ＊ ＊

昨天晚上熬夜的關係，導致太陽已經曬進床鋪，我仍然倒頭大睡，直到老爸出聲叫起床。

揉揉惺忪雙眼，牆壁上的大笨鐘顯示七點十分，我跳了起來，順便拉起小公主，不過小公主還一臉睡意。「哥哥，我還想再睡覺。」

「不行，快來不及了，趕快起床。」我吆喝著。

我拖著小公主進廁所，幫她刷牙洗臉，換制服，穿鞋子；而我也趕緊盥洗、整裝，馬上要出發。

當正要出門的時候，老爸拿著抹布擦拭客廳的桌椅，露出難得的親切。

「慢慢走，遲到就算了，注意安全。」

老爸的笑容，使我想起今天他要到彩券行領獎的事，我現在應該跟老爸坦承，否則當他去彩券行的時候，必定鬧笑話。

我回頭望著老爸說：「爸～」

「怎麼了？」

老爸的笑容竟然如此燦爛，就像今晨的大太陽，我實在說不出口。

「沒事。」

「那趕緊去上學，快遲到了。我幫你跟蔡叔請假，老爸請你們吃大餐。」

「等我一下。」我衝進臥房，拿出抽屜中獎的刮刮樂，「爸，這些刮刮樂都中獎了。」

「那等會我一起拿去換，你趕快帶著小公主去上學吧。」

「那～」我還在猶豫到底要不要說。

「快去。」

「好，再見。」

我仍舊說不出口。

我先送小公主到小學，自己才到學校去，滿腦子都是關於老爸要是知道沒中，不知道會怎麼樣？根本無心上課，就像是行屍走肉，連我自己在幹嘛，都不曉得。

整天，小白都沒喊叫。我以為老爸知道事情真相後，會打電話給我，臭罵我一頓，但是小白始終安靜的躺在我褲子的口袋。

放學鈴聲響起，我到底要回家呢？還是不回家？老爸應該老早就在家裡，等著我回家。

算了！總是要面對的，瞎操心只會自己嚇自己，讓恐懼延長，無濟於事。

每當遇到這種狀況，我就會命令自己必須行動，行動才不至於使得腦子盡想些壞事。

只不過在回家之前，我想先到麵攤，探探蔡叔的口風。

蔡叔仍然獨自一人，在麵攤前忙進忙出，就像平常一樣。

「小安，你來啦？趕緊幫我先將滷味擺好。」蔡叔則是忙著煮羹湯。

「喔。」我卸下書包，把發財車上已經燒好的滷味拿出來，準備逐一分類，整齊的擺放在櫥櫃裡面。我邊分類邊說：「蔡叔，我老爸今天有來嗎？」

「沒有。」蔡叔仍舊忙著捏著赤肉羹。

「那他有打電話給你嗎？」我繼續問著。

「沒有。」

看來老爸沒跟蔡叔聯繫，現在可能就在家裡等著我。

「蔡叔，我有重要的事，必須馬上離開。」滷味還沒上架完成，我就脫下手套，揹著書包跑回家。

當然，蔡叔不知在背後，罵了我多少髒話，對不起，希望他能見諒。我知道他總是刀子口，豆腐心，頂多罵上幾句難聽的話，就沒事了。

我實在無法再繼續忍受，揣測老爸會怎樣處罰我，所造成的折磨，我必須立刻回家，面對一切，才能使我的心再恢復安靜，就算老爸打死我，也比這種無窮盡的折磨，來得更為坦然，更為自在。

無論老爸怎樣處罰我，我都會坦然接受。

在我打開家門之前，我再次深呼吸。客廳並沒有人，我進到臥室，先將書包卸下，小公主在臥室睡覺。

我到床上看看小公主，小公主的臉紅得有些不大正常，我摸著她的額頭，哇噻！怎麼那麼燙？

「小公主，妳還好吧？」

小公主微微睜開眼睛，「哥，你回來了喔？」

「嗯。」

「哥，我很不舒服。」

「妳忍著點，我馬上帶妳去看醫生。」

「哥，不用了，看醫生要花很多錢，小公主睡一覺就好了。」

「不行，哥有錢，我們馬上去看醫生。」

「小公主，老爸呢？」

「我回家就沒看到了。」

老爸竟然沒有回家，不過這不重要；重要的是，我必須馬上帶著小公主去看醫生，從抽屜拿出小公主的健保卡丟入書包，趕緊揹著小公主到診所求醫。

小公主的體溫異常的高。

到達診所後，小公主已經不省人事，醫生詢問我小公主何時開始發燒，但是我並不能給醫師肯定的答案，他又問了許多小公主的事，但是我還是支支吾吾，此刻我才突然認清，我竟然如此不關心小公主，只是擔憂著自己是否會被處罰而已，我真是沒用。

診所的醫師建議，必須即刻轉到大醫院才行，他幫我聯絡幾家大醫院，但是醫院竟然都以沒有病床為由，拒收。醫院不就是要救人的嗎？怎麼還會拒收，我感到氣憤與不解。

我慌了。

我跪地乞求上天憐憫，讓小公主可以得到妥善的醫療照顧，並且痊癒。這是我第一次祈禱，之前，我總以為祈禱是一種迷信、怪力亂神的行為，但是現在，我找不到能幫助我的人，我只好跪地祈禱。

說也奇怪，就在此時，診所護士趕緊通知我，剛才拒收的大醫院來電，表示已經挪到病床，我們可以立即轉院，而且馬上幫我們安排救護車。

「你們的爸媽呢？」護士問我。

我想了一下，回答：「我們沒有爸媽。」

我也不知道這樣的回答好不好，只是我想這樣回答。

約莫二十多歲的護士立刻投以不捨的眼光，為我加油，說我是好孩子等鼓勵的話，並且好心的留了她的手機號碼給我，要我有困難時，記得隨時跟她聯繫，我以「謝謝」報答她的支持。

救護車來了。

小公主被抱上擔架，我則坐在救護車的後方，守護著她，車裡面有一個護士隨行，馬上幫她做急救。

嗚咿嗚咿，救護車開啟警鈴，開始呼嘯，相當刺耳，劃破本應該祥和、安靜的夜晚。

警鈴聲是一隻烏鴉，難聽的叫著。

在救護車裡面，我只能看著小公主，一切都使不上力，只能默默的祈禱。

希望這次祈禱仍然有用。

我握著小公主的手，只想告訴她：「不用怕，哥哥在妳旁邊。」

小公主曾經問我，所有的人都離她而去時，我還會不會陪著她。

小公主，哥哥要告訴妳：「哥哥永遠會握著妳的手，緊緊的。」

但是，小公主的口中卻是喊著：「媽媽。」

我的眼眶灼熱，心情複雜。

到達大醫院時，院方人員已經在門口等待，並且第一時間馬上把小公主推入病房，進行檢查與治療。

我在病房外等待，獨自一個人。

半小時過去，但是我一直以為過了三小時了。

醫師從病房出來，問我誰是小公主的家人。我說：「我就是。」他一樣問：「我爸媽呢？」我同樣回答：「我沒有爸媽。」他建議我應該趕緊聯絡大人，我隨便敷衍，我比較關心的是小公主的病情。醫生告知我，小公主得了流感，非常嚴重，現在已經投藥治療，接下來就要持續觀察。

醫生離開了。

現在小公主正在加護病房與死神搏鬥，我卻不能進去病房握緊她的手，告訴她：「哥哥在妳身邊，不用怕。」

只是，我現在也好想要一個人來握著我的手，支持著我。

我在加護病房的外面等上一會兒，無聊的發現，書包裡面小公主的《小王子》。

「小公主，妳今天還沒聽《小王子》呢？哥哥來唸給妳聽。」我隨便翻開一頁，就唸了起來：

井底有一座老石牆的廢墟，次日傍晚當我工作完畢的時候，遠遠看見小王子高高的雙腿垂下坐在牆沿上，我聽見他說：

「妳不記得了吧！並不是在這裡！」

無疑的有另一個聲音回答他，因為他又說：「是的。是的，就是那一天，但是不在這個地點……」

我繼續地走向牆邊，一直沒有看見也沒有聽見任何人。但是小王子又說了：

「……當然，你可以看見我留在沙地上的腳跡是從哪裡開始的。你只要等我，今天晚上我會去的。」

我在離牆六十尺的地方，但是還是什麼也沒看見。沉默一會兒以後，小王子又說：

「你真有上好的毒液？你真能肯定不讓我受太久的痛苦嗎？」

我站住了，胸口壅塞，仍然不能瞭解。

「現在，走開！」他說：「我又要下來了。」

當我垂下眼來看牆腳時，嚇了一大跳！

一條黃色的大蛇豎立在小王子面前，這種毒蛇能在三十秒鐘致人於死命。我一面退後一面從口袋裡摸出手槍，聽見我的響聲，蟒蛇輕柔地滑進沙地裡，就像消失的噴泉，不慌不忙地帶著金屬般地清脆聲潛入石縫裡。

我跑到牆邊正好將我的朋友小王子接在手中，他蒼白得像雪一樣。

「怎麼回事？你怎麼和蟒蛇談起話來。」

我替他解下他一直帶的金色圍巾。我浸濕他的太陽穴並且給他喝點水。現在我不敢再問為什麼，他悲傷地看著我，雙臂圍繞著我的頸子。我感覺到他的心跳動得就像隻中了槍彈垂死的麻雀。他說：

「我很高興你已找出機件中的毛病，現在你能回家了……」

「你怎麼知道！」我正想來告訴他，我將機件的引擎修好了，這真是我夢寐以求的。他沒有回答我的問題，他說：

「今天我也要回家……」然後又憂鬱地說，「這真是太遠了……真是太困難了……」

我感到他遇見了什麼不尋常的事。我緊抱住他像抱一個孩子。同時他又好像掉進一個深不可測的洞裡，我什麼也抓不著……

他的表情嚴肅，像是失落在遙遠的地方。

「我有你的小羊，有盒子裝著牠，有嘴套……」

他憂愁地微笑了。過了許久我開始感到他一點點變得溫暖起來……

「小人兒，你害怕了……」

他一定是很害怕，但是他溫柔地笑了。

「今晚，我非常害怕……」

一種不可挽救的感覺又使我渾身冰涼。我知道自己不能忍受不再聽見他的笑聲和想法，對於我，這笑聲好像沙漠的噴泉。

「小人兒，我還要聽你的笑聲……」

但是他說：「今晚，就是一年了，我的星球正在去年我掉下來的地方的上面。……」

「告訴我這僅僅不過是一個惡夢——蟒蛇的事，掉下來的地方，星球……」

「當然……」

「正如同對一朵花，假如你愛星星上的一朵花，在黑夜中注視天空是很甜蜜的。所有的星星都發光了。」

「當然……」

「正如同對水一樣，由於滑車和繩子，你給我喝的水就像音樂一般……你記得嗎？……它很清。」

「當然……」

「你在黑夜中注視星星，我的星星太小，無法指給你看它在哪兒，這樣更好。我的星星對你來說只不過是所有星星之中的一個。你愛看所有的星星……他們都是你的朋友。我還要送你一樣禮物……」他又笑了。

「啊！小王子，小王子，我愛聽這個笑聲！」

「這正是我的禮物……就像我們喝水時一樣……」

「你想說什麼？」

「所有的人都可以看到星星。」他說，「不過星星對所有人來說都不相同，對航海的人，星星是嚮導，對其他的人，他們只是小亮光。對學問家來說，他們都是問題。對商人來說，他們是黃金，但是所有的星星都是沉默的。而你的星星是別人所沒有的……」

「你究竟想說什麼嘛？」

「我將要住在一顆星星之上，在這顆星星上我會笑，這就好像所有的星都會發笑一樣，當你在黑夜裡注視著天空，你——也只有你——會看到這些星星在發笑。」他又笑了。

「當你的憂愁消失了（時間可以慰藉一切的憂慮），你會高興認識了我。你永遠是我的朋友，你會想和我一起笑，有時候也為了高興，你會向這樣推開出窗戶……。你的朋友們會很驚奇看見你注視著天空笑。那麼你對他們說：『這些星星總會使我發笑！』他們想你一定是發瘋了，這的確是我對你開的一個卑劣的玩笑。」他又笑了。

「這就好像我給你的不是星星而是一堆會笑的鈴鐺。」

他又笑了，然後他恢復了嚴肅的表情：

「今晚——你知道……千萬別來了。」

「我不會離開你的。」我說。

「我的樣子會有點痛苦，有點像死去的樣子，就像這樣。不要再來看了，這是不值得的。」

「我不會離開你的。」

＊＊＊

我不斷的哽咽，抽搐。

「我不會離開你的。」

我拿出小白，撥打老爸的電話，老爸沒有開機。再打一次，同樣的結果。

為什麼總是在我最需要你的時候，你每次都不在。

我孤獨的坐在加護病房外，守護著小公主。

就這樣，我獨自一人在醫院，守護著小公主好多天。

＊　＊　＊

今天是跨年夜，電視報導著人們即將進入二〇一三年的歡慶，但是醫院卻冷清。

小公主沒再醒過來了，她跟著小王子走了。

＊＊＊

之後，透過蔡叔的幫忙，小公主的喪事隆重簡單。小公主的同學都來送她最後一程，每個人都哭得死去活來。

她，**老媽**，也來了。在喪禮中，她哭天搶地直說對不起小公主，投注站的老闆在旁邊，細心的安慰著，遞手帕，攙扶著她。

看到這一幕，我趕緊瞥過頭去，捏起拳頭，心中滿是憤恨。

真想過去揍她一拳，我真想過去問她，小公主活著的時候，她在哪裡？

小公主過世前，她喊的是**媽媽**，不是我，妳那時候卻在哪裡？

我的眼淚又掉了，蔡叔過來拍拍我的肩膀。

小公主最喜歡的瀞姊姊，也來了。

她帶著一束白色的香水百合，放在小公主的身旁，使得小公主能有香味的陪伴，愉快的離開。

小公主貼心的利用這種方式，把愛她的人都聚在一起；但她太傻了，應該還找得到更好的方式，我忍不住苛責她。

不過，都太遲了。

當小公主要火化時，我把《小王子》放在她的胸前，陪伴著她，讓她不至於寂寞。

於是，小王子帶著小公主走了。

至於老爸，仍舊沒有出現。

算了。

＊＊＊

這次的事件，引起社福機構的關切介入，想把我安排到寄養家庭，但是我堅持要守著這個家，若是連我都離去，這個家真的就要不見了。

況且，當小公主從別的星球遙望著地球時，我希望她能看見家裡的燈永遠亮著。

家，總是要有人在。

這個家跟往常一樣，沒什麼不同，一樣的住址，一樣的有人，一樣的亮著，我仍舊每天睡覺之前，都會唸個幾頁的《小王子》。雖然，我曉得男孩子是不能隨便哭泣的，而且我是個理性的人，但是我現在才知道，《小王子》是如此的感人。

床鋪只剩下我一人，但是我並沒有收起小公主的棉被與枕頭，我仍然在睡覺的時候，把手深進去小公主的棉被，假裝握著她的手。

讓冷清的被子，逐漸溫暖。

我承認，小公主死後，我變了，變得更多愁善感。

我命令自己必須堅強，我已經很久沒命令自己了，我試圖告訴自己：

一切，都只不過，少了個人而已。

＊＊＊

兩個月過去，農曆的新年即將到來。

我的生活逐漸步入軌道，關於學校的課業，我仍舊保持第一，並沒有因為小公主的關係，使得我的成績退步。

如果人生能像考試一樣簡單就好了。

由於考試是一個又一個制式的題目組成，只要你按照一定的步驟，一步一步的細心解題，就能得到答案，說穿僅是如此。

若是遇到不會的題目，還可以參考教科書的解題方式，若是教科書看不懂，還可以請教別人。最重要的是，每個人的考卷都相同，有著統一的標準答案，不是對，就是錯，絕對沒有模糊地帶。

但是人生就不同，很多時候，看似相同的題目，卻壓根不一樣，這世界上沒有相同題目的人生，而且解題的方式也不止一種，沒有所謂的標準答案，甚至有時候根本無法辨別對錯。因此，分數的高低通常取決於，**你選擇什麼樣的**

解題方式，那才是關鍵。不同的解題方式，會有完全不同結果的人生。

但是，怎麼才能找到一個好的解題方式，就得憑經驗，或者智慧。

我敢說，憲的解題方式，就和我非常不同。

他心裡現在一定很納悶，我的生活之前有了大風暴，可謂是一片混亂，所以根本無心課業，這將是打敗我的最好時機；不過，他失算了。我仍舊考了第一名，他還是沒贏過我，他現在一定更加的惱羞成怒。

他憤怒的是，他在我最脆弱的時候，仍舊無法贏我的那種挫敗。

他嫉妒我的過目不忘，和強大的解題技巧。

我敢說若是他的解題方式，還是始終不變，一味的將考試當成是一種競爭，而非沉浸於解題的樂趣，他永遠贏不了我。

較為出乎我意料的是，小公主的去世，瀞改變了她的解題方式了。

她會主動找我詢問課業的問題，也會邀我一起吃早餐，或者是送我小點心等，以表示她對我的關心。

我覺得她是基於**同情**。

同情我這個可憐的小東西，但是我不需要她的同情。

她知道我的脾氣，因此她總是很小心，避免讓我感覺到被同情，所以舉凡說話的語氣，說話的方式，她都萬般的斟酌，深怕不小心就傷害我小小的自尊。

她的解題方法和用心，我都看得見，非常感謝她。

我慢慢的體會，接受別人的幫忙，也是種幸福。

冷氣團一波接著一波，讓今年的冬天增添一些看頭，還滿不錯的，這才有冬天的樣子。

很多時候，該是什麼樣子，就應該是什麼樣子。

放學之後，我一如往常到蔡叔的麵攤報到。

「放學了喔。」蔡叔看到我大聲招呼。

「嗯。」

「會不會冷？」

「還好。」

「羹湯已經煮好，我先煮一碗麵給你吃，保證身體馬上熱呼呼。」蔡叔動手舀羹湯，湯杓碰得瓷碗噹噹響，「趕快過來吃。」

羹湯飄著熱騰騰的雪白蒸氣，我用瓷湯杓舀了一匙，吹了吹氣，呼嚕下肚，一股溫暖。

記得我之前曾經問過蔡叔一個問題：為什麼不買紙碗和塑膠湯匙就好，免得還要洗碗筷。夏天的時候，會有蚊蟲無情叮咬；冬天的時候，雙手還必須忍受冰冷的水，難免凍傷。而且，餐具還容易打破。為什麼還是要堅持使用瓷碗與瓷湯杓呢？

記得蔡叔回答：你說得沒錯，那些用了即丟的碗筷，看起來方便，也不怕打破，但是那些東西不只對身體不好，也對環境不好，更重要的是，那些東西沒有**生命**，不能用。

那時，我完全不懂蔡叔的意思。

現在，我終於懂了。我又舀起一口羹湯，送入口中。

瓷湯匙不只不畏高溫，也溫潤不刮口，當羹湯被喝下口時，仍舊保有餘溫，而不是冰冷；當碗內羹湯愈來愈少，而你再舀的時候，瓷湯匙會開始與瓷碗相互撞擊出聲音，清脆響亮。

這個時候，聲音使得吃的人與做羹湯的人開始產生聯繫——這就是蔡叔所謂的**生命**，我現在終於體會到了。

我一口接著一口，還模仿著小公主，先解決麵條，把赤肉羹和羹湯留到最後才吃，並在羹湯喝完之際，故意讓湯匙和碗碰觸出響亮的聲音，敲出生命的聯繫，與蔡叔的聯繫，與小公主的聯繫。

蔡叔露出大大的笑容。

「慢慢吃，不夠這裡還有。」

這些事情小公主早就懂了，沒想到我到現在才懂。

「除夕的時候，到蔡叔家一起吃年夜飯，我家也只有我和兩個兒子而已。」蔡叔說。

「謝謝蔡叔，不用了！」我婉拒，「我爸回來找不到我怎麼辦？」

「說起你爸吼！也不知道死去哪裡！他回來的時候，你一定要馬上打電話給我，我絕對馬上衝過去，把他的腳給打斷，我看他還能跑去哪裡？」蔡叔說得有些激動。

我仍相信，老爸總有一天會回來的。

「小安，你怨恨你老媽嗎？」蔡叔問。

我沒有答話。

對於老媽，我實在沒有什麼要說的。

「她畢竟是你老媽，」蔡叔繼續說：「她當初要離開你老爸，也一定有她的原因和苦衷，蔡叔希望你能明白。」

我仍舊沒有搭話。

「蔡叔，我吃飽了，要開始幹活了。」我轉移掉話題。

我伸手轉亮了小月亮。

接著，客人一個就接著一個，陸續上門。

＊　＊　＊

「小公主，哥哥回來了。」我喊著。

小公主已經欠了我很多次的回應。

家裡空空蕩蕩的。雖然已經過了兩個月，但還是不習慣，之前不管怎麼樣，都還有小公主熱情的迎接。

老爸仍舊還沒回家。

這是老爸離家的第六十五天，小公主死去的第六十五天。

其實，這整件事真的不能完全怪老爸，是我賭輸了，所引起一連串的蝴蝶效應，所以老爸離開，小公主也離開了。

看來，我真的遺傳到老爸，是個天生的失敗賭徒，不宜賭。

跟老爸不同的是，我覺悟得早，決定不賭了。

不過，老爸我真的不會怪你，只希望你快點回來。

按照慣例，我仍舊先打開電視，使得電視的聲音先溫暖這個家，這個習慣是小公主過世後養成的。

打工使得我有些疲倦，我躺在沙發上，盯著天花板，一動都不想動，我的生活變得沒有動力，也沒什麼目標。

我就在沙發上睡著了。

已經晚上十一點，我是被冷醒的，電視仍舊開著。

打算起身準備洗個熱水澡，再回床上睡覺。

登時，我聽見鑰匙開門的聲響，頓時我的睡意全消，還引來一陣雞皮疙瘩。

會是誰呢？老爸回來了？還是？

門被打開了，竟然是～～～

蔡叔。

我們四眼相對，從他的表情可以得知，他也被我嚇了好大一跳。

「你還沒睡啊？」蔡叔說。

「還沒。」

「我還以為你睡了，否則我剛才敲了那麼多次門，你怎麼都沒來應門？」

蔡叔的表情有點尷尬。

「我剛才在沙發上睡著了，所以沒聽到。」

「原來如此，」蔡叔搔搔頭，「對不起，我應該嚇到你了。」

「沒關係。」

「啊，這個鑰匙是你老爸很久之前留給我的，怕如果你忘記帶鑰匙，進不了家門，所以寄放一把在我這裡。」可以看得出來，蔡叔怕我誤會，趕緊解釋。

「嗯。」

「因為你今天走的時候，忘記帶你的袋子，我怕你明天要用，所以拿了過來。我打手機給你，你都沒接，敲門你也沒接，我怕你~~~」蔡叔的臉紅了起來，並不知所措的搔搔頭，「所以就直接拿鑰匙開門，真的很不好意思。」

「蔡叔，謝謝你，沒關係啦。」

「沒事就好了，袋子給你，我也準備要走了。」

「蔡叔，你慢走。」

「鑰匙應該還給你。」蔡叔說。

「沒關係，那是我老爸交給你的，你應該留著；而且如果我下次忘記帶鑰匙，才可以找你拿，你趕快收著。」

「謝謝你相信我，晚安。」蔡叔又搔頭，樣子像個孩子。

「蔡叔晚安。」

他回家了，本來以為是老爸回來，沒想到又落空，不過剛才真的讓我嚇了一大跳。

我洗完熱水澡，睡覺去了。

電視依舊沒關，自從小公主去世後，我害怕自己一個人的安靜。

＊＊＊

今天是學校正式上課的最後一天，期末考的成績也公布，我繼續蟬聯全校的第一名，這並沒有特別讓我感覺興奮。

比較讓我驚訝的是，全校第二名竟然不是憲，他退到第五名。

不過，值得一提的是，聽說澥與憲分手了。

他們倆個我本來就不看好。

我承認，我有私心，畢竟我仍然愛著澥，我猜想憲會和澥在一起，有很大的可能是為了贏我——他在課業上，無法超過我，只好從這個方面下手。

但是若是人在一起，不是建立在真愛上，是不可能久遠的。

就像不管如何，我還是愛著我的老爸，我知道他離家出走，只是因為他需要空間與時間，我並不怪他，我等著他，那是同樣的道理。

放學的時候，澥找我一道回家。

這是分手後的第一次，若是小公主看到，一定笑得闔不攏嘴，因為她最喜歡澥姊姊。

「聽說妳跟憲分手了。」

「嗯，我們並不適合，分開比較好，而且我們最需要的是，好好認真唸書，我們在一起好像只是相互消耗。」

「嗯。」

「我有一件事想要拜託你，並且需要你的幫忙，不知道你願不願意？」

瀞說。

「妳說。」

「因緣際會，我義務在隔壁的偏鄉小學，輔導小學生功課，但是下個禮拜我要陪我媽到台北喝喜酒，所以無法過去，你能幫我代一次課嗎？」

「我可能沒有時間，妳也知道的，我都要到蔡叔那裡打工。」

「是喔！那就沒辦法了，我再問別人看看。」瀞有點失望。

「不過，我倒可以問問蔡叔。」我說。

「太棒了，那我等你的消息。」瀞的嘴巴又活了起來，畫出美麗的弧線。

詢問過蔡叔後，他二話不說就答應。

瀞興奮極了，搞不懂為什麼她如此開心？

女生的心，總是難捉摸。

很快的來到寒期輔導的最後一天，只上了半天。

今天也是小年夜，放學後就準備直接到小學，代替瀞上輔導課。

與孩子接觸，我應該不陌生，之前小公主還在的時候，我每晚都陪著小公主做功課，如何哄他們，如何讓他們聽你的話，我應該都有些經驗。

「在哪裡你知道嗎？」瀞問著。

「大概知道。」我說。

「我還是把詳盡的地址寫給你，以防你找不到。」瀞拿起紙筆。

「不用！我已經背起來了，妳都忘了我幾乎過目不忘嗎？」

「是啊，是啊，我都忘了。小安，麻煩你了，謝謝你。」瀞笑著。

「不會。」

下完課之後，我先到學校旁邊的食堂解決午餐。在寒冷的冬天，吃上一碗大滷麵，真是過癮，全身都暖和起來。

接著，逛了一下書局後，我就直接到候車亭等公車，車程大概需要三十分鐘，不算太近，不過也不會太遠。

距離上次坐公車，已經是一年前，我帶著小公主到鄰近的漁港踏青，小公主坐上車後，嘴巴從沒停過。

「哥，你看，那裡好漂亮喔！」

「哥，你看，那棵樹好大。」

我們家沒車，學校又在家旁邊而已，所以搭車的機會自然就少，因此有機會搭車，她當然興奮，真懷念。雖然沒有小公主的陪伴有點無聊，只好沿路欣賞著車外風光，而且一想到，等下就可以與跟小公主年紀相仿的小朋友相處，心情滿是期待。

雖然這個鄉鎮，離我們鄉鎮只不過是三十分鐘的車程，但是卻可以明顯感覺到，它更加的偏僻，更加的安靜。下車後，依照澥的說法，還要步行五分鐘才能到達學校，我按照澥的指示，先到前面的紅綠燈，然後右轉直行，經過三個路口之後，會看到一家雜貨店，再左轉。

正當準備左轉的時候，一台摩托車從我的眼前呼嘯而過，我看了一眼，坐在後座的那個小女孩，真是像極小公主，搞得我的心跳又撲通撲通亂跳。

哎呀，我到底是怎麼搞的，只要是看見年紀與小公主相仿的小女孩，都認為她是小公主，我真的很想念她。

沒關係，我相信時間會淡忘一切。

怎麼我還有時間在胡思亂想，我要趕快到學校去，快要遲到了，小朋友還在那邊等我。

出來迎接我的是學校的教務主任，微微的短捲髮，穿著一襲暗紅色的冬天套裝，搭配黑色的小外套，使人印象深刻的是，一派親切的笑容。

她向我問好，對於我能幫忙，頻頻的道謝，言談之中，也透露瀞如何熱心的教導這裡的孩子。

從校園就可以看出，學校的資源並不豐富，老舊的校舍，連操場的跑道，還是由沙礫鋪成，而非ＰＵ跑道，所以狂風一吹，風飛沙的狀況特別嚴重，因此整個校園都鋪滿一層灰色。

我揣測著，若是遇到下雨天，操場的泥濘一定籠罩整間學校，濕黏不堪。你也知道我對於濕黏髒亂的環境，總是相當不舒服，幸虧今天沒有下雨。

主任帶領著我到圖書室，孩子都已經到達。圖書室雖然規模不大，但是卻溫馨。

圖書室全都是由榻榻米所鋪成，榻榻米上有十張矮桌，牆上還掛著一面大白板。一個又一個的大書櫃佔滿四面牆壁，排列著一本又一本五顏六色的書。

我晃了一圈，書齡都已經很老，有些書甚至殘破不全。關於書的種類，大部分是童書，而且以套書最多，例如《十萬個為什麼》、《百科全書》、《台灣地理》、《中國大歷史》等等，我心裡嘀咕著：孩子會喜歡看這種知識性讀物嗎？

這類的圖書並非不好，可是應該屬於工具書，是被當作查閱資料時所用，若是直接閱讀，除非孩子對書的主題特別感興趣，否則的話，閱讀起來會非常無聊，因為它缺乏故事性的滋潤，太**乾**了，不好咀嚼，也不好消化。

有時候，覺得大人們總是，**放錯重點**，他們根本不大瞭解，孩子需要什麼？只是一味的搪塞他們覺得好的，建立起他們認為的美麗城堡。

若是孩子不能欣賞城堡的美，大人總是認為孩子，是被寵壞了，不知道知福惜福等等。

醒醒吧，大人。

「怎麼樣，我們的圖書室還不錯吧？」主任的眉眼之間，透露自信。

「很不錯。」我有點尷尬。

雖然對圖書室有些意見，但我還是禮貌性的稱讚，畢竟我也只不過是雲煙過眼，況且這個地方的確溫馨。

一個個的小朋友，像一隻隻的小麻雀，看到新的面孔，更顯得躁動不已，我被他們可愛的模樣給吸引了。

主任向小朋友簡單的介紹我，便說「有事要忙」走了，反正大人總是有忙不完的事，不過卻合我意，我想獨自與這些可愛的孩子獨處。

看樣子，他們都是與小公主差不多的年紀——國小低幼年級，每個人的嘴上都掛著純真的笑容，那個笑容簡直跟小公主一模一樣，我心裡有些澎湃。

小朋友並不多，暗自數了一下，總共有八個小蘿蔔頭。

「哥哥，你幾歲？」

「哥哥，你有女朋友嗎？」
「哥哥，你從哪個地方來？」
「哥哥，你喜歡看《海賊王》嗎？」
「哥哥～～」
一大堆的問題，如雨後春筍的冒出來，我有點應接不暇，畢竟有兩個多月沒被這樣轟炸過了。
我先基本的自我介紹，但是刻意沒說，我有一個妹妹，年紀跟他們一樣，我怕說出後，會掉眼淚，這樣有損我大哥哥的形象。
「好了，大家安靜，如果你們表現得夠好，哥哥就說一個好聽的故事給你們聽。」
大家聽到我要說故事，又是一陣瘋狂。
「噓，」我做了閉嘴的手勢，「大家要乖乖的寫寒假作業，不懂的就舉手問我，不可以吵喔，等到大家寫完才有故事可以聽。」
小朋友開始寫著功課。

我的內心卻澎湃，小蘿蔔的一舉一動、一言一語，均充滿著小公主的影子。

有個小女孩，她叫做小敏，綁著兩條跟小公主一樣的小辮子，非常的活潑，想盡辦法跟我聊天，她講話就像小小的機關槍，劈哩啪啦，可愛極了。

坐在他旁邊的的小男孩，比起其他的小朋友，就顯得安靜許多。

我刻意坐在她的旁邊：「你叫什麼名字？」

「他叫『小語』。」隔壁的小敏幫他回答。

「你有什麼問題不會的嗎？」我問。

我看著他正在做四則運算的數學題目，但卻遲遲沒填上答案。

「是不是不會呢？」我輕聲問著。

他點點頭。

「那哥哥教你，好不好？」

他又點點頭。

時間過得很快，已經過了兩小時，剩下半小時，就五點半，小朋友的爸媽，就要過來接小朋友。

「好啦，」我拍著手要他們注意，「看你們那麼認真的寫功課，哥哥就來說故事給你們聽。」

不用懷疑，小朋友又是一陣歡欣鼓舞。

我從書包拿起《小王子》，開始說起故事。

有的小朋友用手捧著臉，有的小朋友直接躺在榻榻米，有的小朋友趴著，有的小朋友用手撐在背後，大家都用他們最舒服的方式，聽著《小王子》。聽故事的時候，時間就像坐火箭，變得好快。

這是小公主說的。

我才唸了三個章節，小朋友的爸媽就來了，雖然小朋友仍然意猶未盡，但沒辦法，時間不允許，父母逐一將孩子接回家。

小語的阿公也來了，在離開之前，小語才肯對我說話：「大哥哥你還要再來喔，小花最愛聽故事了，可是她今天沒來，她一定會喜歡你說的故事。」

「好，如果有機會，哥哥一定會再來，不過你要好好聽阿公的話喔。」

「嗯。哥哥再見。」

就這樣結束了。

再當一次哥哥的感覺真棒。

主任送我到公車站坐車，回到家已經六點半，我到廚房燒了開水，沖了碗泡麵，草草結束我的晚餐。沒有到蔡叔的麵攤打工，空閒出來的時間，真的讓我不知所措。

我習慣讓事件填滿我的生活，空白的時間，反而使得我焦慮不安，於是我會將所有的事件，做詳盡的計畫與安排，一個蘿蔔一個坑，按照計畫實行，一來有秩序，二來有效率，三來我總是知道要做什麼。

我總覺得許多人無法善用時間。在我的眼中，是因為他們沒有妥善安排時間，雜亂無章，毫無秩序，總是抱怨著時間不夠用，他們的口頭禪總是：「我很忙，沒空。」但是我解題的方式和他們不同，我習慣規劃好時間，反而剩餘更多時間。因為如此，我才能在工作與學業兩方面都兼顧得很好。

這不是天才的關係，而是一種紀律，和一種練習。

那麼，時間太多怎麼辦，我只好消耗它，而最好消耗時間的方式，就是看電視。

我打開電視，泰半是關於過年的節目：有命理堪輿節目，教導觀眾如何在新的一年利用風水獲得好運氣，或者是哪種生肖今年犯太歲，必須安置光明燈；另外就是餐飲旅遊節目，告訴觀眾哪裡適合春節遊玩、哪裡有好吃的美食；綜藝節目，則是藝人朋友穿著過年喜氣的衣服，玩著白痴的遊戲，討觀眾歡心；新聞節目，則是噁心的政治人物，舌燦蓮花，說著吉祥話，或是又告訴觀眾哪裡又塞車了；比較可看的是電影節目，過年期間，都會有幾檔熱門影片，不過都會無窮無盡的重播，使得觀眾有今日是何日的錯覺。

我覺得有點煩躁，關掉了電視。

夜晚，恢復應有的安靜。

洗完澡後，我躺在床上，看著旁邊打開的窗子，月亮高掛夜空，意外滿空星子，小公主現在一定在某個星星上，看著我。

我拿起《小王子》，隨意翻著一頁，唸著：

「對於這位睡著的小王子，最使我感動的，是他對一朵花的忠實，玫瑰的影子像燈上的火焰照耀著他，甚至於當他睡著的時候……」

我又想起小公主，不忍再唸。

心想，為什麼我要一直非得唸著《小王子》呢？

我想，這已經變成一種儀式，我思念小公主的儀式，這個儀式將會在我的生命當中，持續下去。

＊＊＊

今天是除夕夜，我的行程表是空的，不用上課，不用打工，也不用陪小公主，也不用陪老爸，完全的真空。

那麼，我到底要幹什麼呢？

在這個如此特別的節日，家家戶戶都相當忙碌，我竟然不知道要幹什麼？

打開我的小白，是瀞傳給我的訊息，打開一看：

除夕快樂，我爸媽要我邀請你，到我家一起吃年夜飯，等你的回覆，瀞。

看到簡訊，我笑了。這是瀞第一次正式邀請我到她家去。

我回覆了簡訊：

感謝妳的盛情邀約，我很感動，但是這一天，我還是要在家裡守著，我還是期盼我爸會回來。幫我問候叔叔以及阿姨，祝福你們新年快樂、萬事如意。小安

我打算到傳統市場走走，打發時間，並且準備今晚自己一個人的年夜飯。從我家到傳統市場，必須步行三十分鐘，我穿著瀞在去年所送的棒球夾克，搭配牛仔褲和球鞋，拿著購物袋和錢包，當然還有小白——現在我唯一的

倚靠，就往市場去了。

雖然沒有下雨，但是氣溫明顯偏低，大概在十度左右，我把手插入夾克的口袋，以免寒風的吹襲；但是寒風仍舊吹得臉頰有些刺痛，早知道應該圈條圍巾。

還沒進到市場，就先聽聞到耳熟能詳的過年音樂：

財神到，財神到，財神到我家大門口，迎財神，接財神，把財神接到我家裡頭。

每條大街小巷，每個人的嘴裡，見面第一句話，就是恭喜恭喜，恭喜恭喜恭喜你啊，恭喜恭喜恭喜你。

一首接著一首，一次接著一次。

音樂真的很奇妙，簡單幾個音符，就可以瞬間把人帶入一種情境和氛圍，甚至只要幾秒，就可以誘使你的眼淚奪眶而出。

小公主最喜歡過年音樂，每次只要一到過年，總是吵著家裡一定要播放過年歌曲，說什麼才有過年的氣氛。

她說得沒錯，雖然過年的應景歌曲有點俗氣，但是若是少了它，就好像吃生魚片，沒有芥末，少了一個味。

人群把市集擠得水洩不通，攤販的叫賣聲、商家播放的過年歌曲、顧客的喧譁聲，把年貨大街妝點得熱熱鬧鬧。各式各樣的南北雜貨、生菫素果，應有盡有。隨著人潮，我緩緩的向前移動，我排隊買了一家相當有名的滷味，他的鴨翅、米血和滷大腸都相當好吃，比蔡叔的還好吃，所以平常一旦經過這裡，我都會買一些犒賞自己，這件事我當然沒告訴過蔡叔。

我也買了玉米、茼蒿、番茄、粉絲、還有一些火鍋料，如同往年，我想煮火鍋，就算只有我一個人。

看一看，也採買得差不多了。不過，要回家之前，我會先到附近的麵攤，吃一碗素食麵，黃褐色的中藥湯頭，搭配著素丸子、菜捲、豆皮、高麗菜捲，還有油麵，是我每次經過這裡必吃的美食。

吃滷味和素食麵，都是我上市場必定要做的儀式，否則就好像沒來過。

回家途中，看到一個小妹妹，獨自顧著賣春聯的小攤子，才發現我昨天忘了貼春聯，補買了一對。我心滿意足的回家，睡了場午覺，醒來已經下午五點，天色有點暗了。

正當我準備貼春聯的時候，蔡叔來了！他開著發財車，停在我家門口，搖窗探頭，「你在幹嘛？」

「我正準備貼春聯。」

「不行啦，妹妹才過世不久，今年你們家不能貼春聯，對你們家不好。」蔡叔阻止。

沒想到還有這種規矩，雖然我覺得這是迷信，根本不值得一信，但是我還是乖乖收起來，畢竟蔡叔也是一片好意。

「來，上車！我是來載你的，跟我一起回去吃年夜飯。」蔡叔說。

「不用啦，早上我已經去市場買菜，我要自己煮火鍋。」

「自己一個人怎麼吃火鍋？」菜叔講話一向大聲，「年夜飯就是人要多一點吃才好吃，快一點，不要囉嗦！」

「蔡叔，我要等老爸一起回來吃飯。」

「那種人，最好不要回來，連自己的女兒死了，也沒回來。我看他在外面死一死算了。」

我知道他對老爸的責難，是因為對我的不捨。

「好啦，我再問你一次，要不要跟我回去吃年夜飯？」蔡叔說。

「謝謝你，蔡叔。」

「你這個孩子跟你爸一樣固執。」蔡叔搖搖頭。

「過來一下，」蔡叔轉過頭去，從口袋拿出一個紅包，「拿去，明年也要好好讀書。」

「謝謝蔡叔，也祝你身體健康，恭喜發財。」

我接過紅包。

「你趕快進屋子裡，天氣很冷。」

蔡叔叔走了。

手上是蔡叔的紅包，包著滿滿的感動。

＊＊＊

我搬出電磁爐，準備動手開始煮火鍋。

不過，手機的簡訊聲卻響個不停，打開一看，全部都是同學的拜年簡訊，我的心情有些激動，雖然小公主不在了，卻有更多的人陪伴著我。之前，我都會認為那是他們對我的同情；但是我似乎錯了，我慢慢體會到，那是他們的**陪伴**，他們想陪伴我，陪著我一起走，才不會讓我寂寞。

我逐一的回覆簡訊，感謝他們的窩心。這陣子跟同學的相處方式，似乎產生了一些化學變化，我們的互動增加了。他們還說寒假要舉辦班遊，要我無論如何一定要參加。

這世界有些奇妙，少了小公主，世界卻變得有點不大一樣。

最讓我吃驚的簡訊，是憲。

親愛的小安，請原諒我以前對你的不友善態度，是因為真的很嫉妒你的才能，我念書念得半死，你卻可以輕輕鬆鬆翻幾頁，就全會了。我的心裡不能平衡，所以才會對你這樣。不過，你應該也要收斂一點，有時候你的表情真的很囂張，恨不得痛扁你一頓。我還是要說，總有一天，我會考贏你的，等著。新年快樂。憲。

這封簡訊使得我格外感動，謝謝你，憲。一下子跟同學用line哈啦，一下子傳簡訊。我的肚子開始咕嚕叫著，才知道現在是晚上七點了。

天色早已墨黑。

我趕緊接上延長線，插上電磁爐，拿出鍋子，盛好清水，再放到電磁爐加熱，趁著水未煮滾，先到廚房將蔬菜洗乾淨，再把火鍋料和蔬果裝盛在乾淨的盤子，準備邊看電視，邊吃火鍋。

吃著一個人的年夜飯。

而我擺了三副碗筷，一副是我的，一副是老爸的，一副是小公主的。

對了！差點忘記，我最喜歡吃的滷味。

正當我要去廚房拿取的時候，門鈴響了。

會是誰呢？

老爸終於回來了嗎？蔡叔一起過來陪我吃年夜飯？還是瀞？

完全沒有線索，使我能猜測出按鈴的是誰？

直到一打開門，是我從來不會想到的人。

＊＊＊

竟然是小公主。

絕對不可能，我閉上眼睛，再次睜眼，小公主沒有消失。

我蹲下身來，細細的看著她。

伸出我的手，摸摸她的小臉龐，是溫熱的。

我的手在發抖。

「哥哥。」

當小公主喚著我的時候，眼淚已經無法止住。

我緊抱住她，怕她再次離我而去。

良久。

直到小公主喊了：「媽媽。」並緩緩的掙脫我。

霎時，我才醒了過來。

慢慢的，我才發現，小公主的後面，還站了一個女人。

定睛一看，是那個我極度陌生的她，**老媽**。

這到底怎麼一回事？

* * *

「妳現在可以說了吧？」我說。

「我～～～我怕你孤單，所以才會帶著她來。」老媽囁嚅的說。

「為什麼妳總是那麼任性，想怎麼樣就怎麼樣！我算什麼，我算什麼，我到底算什麼？」我掉下眼淚。

「對不起。」她掩面哭泣。

看著她哭起來，**小公主**也哭了起來。

「夠了！你們到底還瞞著我什麼，可不可以不要再欺騙我了。」

「小安，對不起。」

我控制自己的情緒，「可以告訴我，**她**是誰嗎？」

「她是小公主的雙胞胎妹妹。」

我看了**她**一眼，真的長得與小公主一模一樣。

她繼續緩緩的說：「我生了她們雙胞胎以後，就離婚了。我帶了妹妹，你爸帶了姊姊，也就是小公主。」

原來如此。

「那麼，為什麼要隱瞞我呢？」我的語氣仍舊不好。

「我並沒有刻意隱瞞，只是很多事情，有難以說的苦衷。」

「算了，你們總是有滿滿的苦衷。我累了，妳們回去吧，讓我休息一下。」

「好吧，既然媽媽讓你如此的不開心，我回去了。」她起身，「祝你新年快樂。妹妹，跟哥哥說，新年快樂。」

「哥哥，新年快樂。」

我的心臟宛如被緊緊掐著，好難受。

媽媽帶著**小公主**走了。

我的心都碎了。

為什麼我要這樣對待她們？

我不知道，有時候我真的很恨我自己。

為什麼我要將她們趕走，我不知道？

為什麼他們都要隨便破壞我的規則呢？

＊＊＊

我沉浸在自責與情緒當中，不能自已。

門鈴又響。

一定是老媽和小公主又回來了，這次我一定要留下她們。

我不再折磨自己。

我衝去開門，老天爺真是愛捉弄人。

門外不是她們，而是……

那個我每分每秒都在盼望的他。

終究被我給等到了——我的老爸。

我不爭氣的眼淚又掉了。

我緊緊的抱住他。「爸，小公主走了，你知不知道？她走了，不會回來了，不會回來了～～～」

除夕夜晚，我有好多的故事，想跟老爸說。

那晚，老爸也跟我說了好多他的故事。

終於，有了圍爐的感覺。

＊　＊　＊

老爸回來了。

原來，老爸真的去了彩券行領獎，也知道自己沒中；但是對於這件事，他並沒有責怪我，而是自責為什麼把自己的人生搞得如此不堪。

他選擇放逐。

這些日子，他去拜師學藝學會了煮豆花。

年後，蔡叔叔有了新的競爭對手：老爸的豆花攤。

＊　＊　＊

我仍舊想念小公主，仍舊每天看著星空，仍舊每晚唸著《小王子》。

直到有一天……

我的隨身碟不見了，到處找找不到，我記得昨天有躺在沙發上假寐，會不會掉進沙發裡面的縫隙，我伸手去掏。

沒有掏到隨身碟，卻掏到一張紙，折了好幾折，這是什麼東西啊？

我展開它，約莫是一張刮刮樂的大小。

那是一張有趣的紙條，全部由黑色的蠟筆塗黑，這是什麼東西啊，我的手被弄得骯髒。

正當我要丟棄的時候，卻有個靈感：**刮刮樂**。

我拿出硬幣，刮了起來，好像有字：

哥哥，希望你能看到，我愛你。

我渾身起了雞皮疙瘩，頭麻了，手麻了，心也麻了。

我的手在發抖，眼淚已經不受控制。

這是小公主留給我的紙條。

應該不只有一張，應該還有。

我連站都站不穩，手也不斷的發抖，但我像發了瘋似的，繼續往沙發掏，我又找到一張。

哥哥，你知道嗎？我有一個妹妹，希望你也會喜歡她。

接著，我在家裡找到許多的紙條，都是小公主寫的：

哥哥，每個禮拜，你去打工的時候，媽媽會帶妹妹跟我玩，我很喜歡她，但是媽媽說，我不可以說，所以我只好寫紙條跟你說。

哥哥，家裡只有我一個人，我好害怕。

哥哥，希望你能不怪媽媽，我喜歡媽媽。

哥哥，媽媽和妹妹又來陪我了，真好玩，真希望你也可以一起玩。

哥哥，什麼時候，我、爸爸、媽媽、你，和妹妹才能一起玩呢？

哥哥，我知道你每天都會刮刮樂，所以才做了刮刮樂，希望你也喜歡我的刮刮樂。

哥哥，謝謝你每天說《小王子》給我聽。

哥哥，妹妹跟我很像，真想帶她給你看，不過媽媽說不行。

哥哥，希望有一天你能跟瀞姊姊和好。

哥哥，如果你看到妹妹，你會比較喜歡誰？

哥哥，一個星期中，媽媽只有禮拜三，會帶著妹妹來，今天是禮拜二，我好想媽媽和妹妹喔，當然我也很想你。

哥哥，為什麼媽媽來，都要偷偷的來？

哥哥，其實我知道你很愛爸爸，我跟你一樣。

哥哥，妹妹的名字是小花，而我是小公主，小公主愛小花。

家裡佈滿小公主生前所製作的刮刮樂。

原來，小公主從來沒有離過開這個家。

＊＊＊

原來，小公主都利用我去打工的時候，一個人無聊做的，她真是令人驚喜，她總是有創意的詮釋生活，然後只顧微笑。

＊＊＊

過年期間，真的發生太多的事，導致我還無法完全消化，某些事還是需要點時間慢慢咀嚼。

開學第一天，同學們似乎都長胖了一些，連精神也都長了一大圈，個個精神奕奕。

大家互相聊著寒假和過年的趣事，一派熱鬧，一派溫馨。

「寒假過得還好吧？」澥走過來。

「嗯。」

「聽說你老爸回來了？」

「嗯。」

這世界非常奇妙，有些事你根本不用說，它就會傳千里。

「謝謝你上次幫我帶小朋友。」

「不客氣。」

「主任說，小朋友非常喜歡你，聽說你還會說故事呢。大紅人！」瀞有點調侃的語氣。

「沒有啦，就之前說給小公主聽的。」我有點害羞。

「那你沒發現嗎？」瀞突然的問。

「發現什麼？」

我被瀞的問題弄糊塗了。

「那個～～你真的沒發現？」瀞欲言又止。

「我真的不知道妳在說什麼？」我說。

「算了。」

「妳為什麼說話說一半？」我有點生氣。

「沒事。」瀞一臉疑惑，「算了，今天放學，我要陪曉真去買靜慧的禮物，可不可以再幫我代一次課，拜託！」

「可是，我還要打工。」

「拜託啦。」

「我聯絡一下我爸和蔡叔，妳都不知道最近他們的生意可好了。」

我立刻撥打電話給老爸和蔡叔。

「他們都說沒問題。」

「謝謝你，下次請你吃飯。」

「那麼時間地點呢？」

「老樣子。」

＊　＊　＊

我如上次一樣，搭乘公車去學校。不得不說，交通公司開乘到較為僻壤地方的車子，總是破爛，跟到城市的車子就是不同。今天公車沒什麼乘客，盡是一些老人家，公車司機是個中年男子，對待每個上車的乘客，都是噓寒問暖，尤其對待老者，更是細心。每到一站，總是在停穩車後，還會仔細叮嚀老人家，注意後方來車，見老者安全離開後，才再開車，令人感到溫暖。

我的心情跟著大好。

下了車以後，馬上可以聞到這裡特有的味道，這是我上次沒發現的。有了上次的經驗，不需要再為找路而費神，而是可以悠然的欣賞這個地方的美麗與味道。

純樸，真實，是這裡的味道。

我很喜歡。

我到達學校，並跟主任打了招呼，便獨自走到圖書室。

小朋友看到我，掀起一陣瘋狂。

「大哥哥又來了。」

「大哥哥又來說故事了。」

看到他們的活力，並受到他們的熱烈歡迎，還是很令我感動。

我又看到上次那個安靜的小男孩，記得他叫小語吧！他給我一個微笑，我也回報他一個大笑容。

非常奇怪，跟孩子相處，總是會讓你忘卻所有的煩惱。

他們的笑總是如此真實。

他們的哭總也是如此真實。

「好啦！噓！快把功課拿出來寫，如果你們表現得很好，等下才有故事可以聽喔。」

小朋有一起伸出手指，放在嘟起的小嘴巴前，比著「噓」！

非常可愛。

跟他們相處，跟上次一樣，還是讓我想到與小公主在一起的時光。

「有問題的要馬上舉手，哥哥會過去教導你們。」

小朋友立即安靜下來，開始寫作業。

小語馬上舉起手來：「老師，她來了，愛聽故事的人來了。」

我往窗外一看，有個小朋友在外面。

我走了過去，一看，是個小女孩。

小公主？

「哥哥？」

她不是小公主，小公主已經死了，我記得小公主在紙條上說過，她叫**小花**。

「妳怎麼會在這裡？」我蹲下身說，就跟我跟小公主說話一樣。

「因為我就是讀這所學校。」

我的心情激動，當然沒有表現出來。

沒想到，老天爺跟小公主一樣那麼有創意。

「快點進來，哥哥等一下要說故事了。」

當然，他們表現得很好，我繼續講了《小王子》。

我也知道，事情會隨著時間，一直再改變的，你永遠無法預期下一秒的驚喜。這也是活著的意義吧，我想。

我更知道，我們的家，也會開始有點不一樣。

小公主那麼有創意的生活，老天爺也那麼有創意的生活，我也要發揮我的創意，過著我的人生。

這才是小公主一直要告訴我的。

我現在也慢慢瞭解，跟孩子相處，會一直讓我快樂，是因為他們有創意的，而且努力的生活著，每分每秒都很用力的**玩**。

「小花，明天晚上，可以找媽媽一起來哥哥家吃飯嗎？」我說。

「好啊。」

這件事我沒告訴老爸，有時候生活就要有點創意。

離開學校，我一樣坐著公車回家，沒想到仍舊是那一位溫暖的司機。

老天爺，你真的太有創意了，謝謝你。

我熱情的跟司機打招呼，當然他也報以大微笑。

這是我之前不會有的舉動，原來這樣的方式還滿有趣的。

找到座位後，拿出我的小白，寫了簡訊：

我看到她了，真的很謝謝妳，為了報答妳，我決定每次都陪妳一起來，我已經答應小朋友了，妳說不行，我也要跟。

打完簡訊，找到瀞的名字，按下傳送。

我收起小白，繼續看著窗外美麗的風景，哼著與小公主一起哼的歌〈泥娃娃〉。

＊＊＊

小公主教會我，這生活有太多的難題，太難解，或許是我們需要改變我們解題的方式。這是我的答案。

＊＊＊

之後，又過了許久，照例，我唸完《小王子》，望著窗外，問小公主好不好聽，並且跟她說晚安。

小公主去找小王子了，她來人間走上一趟，雖然時間真的太過於短暫，不過卻帶給我美好的陪伴與回憶，使我能有更多的勇氣，再往前再走。

謝謝你，小公主。

我拿出小公主為我做的刮刮樂，一張一張看著，好像她就正在我的旁邊。

登時，我突然想到，我還有一張刮刮樂，第一百張，016291-100，一直躺在我抽屜的最深處。我猛然起身，找到那張刮刮樂，把它放在書桌上。一樣，找了一枚硬幣，刮了起來。

結果……

＊＊＊

人生就像是玩刮刮樂，當你還未刮完的時候，請不要放棄任何希望，慢慢的刮，耐心的刮，快樂的刮，因為不到最後，你永遠不知道，你中獎了沒？

註：小說使用的《小王子》內容，均出自聖・修伯里原著，李宗恬譯。書名：《小王子》，正中書局股份有限公司出版，二〇〇一年十月。

Do青春01　PG1019

最後50個希望

作　　者／顏志豪
責任編輯／林千惠
圖文排版／楊家齊
封面設計／陳佩蓉

出版策劃／獨立作家
發 行 人／宋政坤
法律顧問／毛國樑　律師
製作發行／秀威資訊科技股份有限公司
地址：114 台北市內湖區瑞光路76巷65號1樓
電話：+886-2-2796-3638　傳真：+886-2-2796-1377
服務信箱：service@showwe.com.tw
展售門市／國家書店【松江門市】
地址：104 台北市中山區松江路209號1樓
電話：+886-2-2518-0207　傳真：+886-2-2518-0778
網路訂購／秀威網路書店：https://store.showwe.tw
國家網路書店：https://www.govbooks.com.tw

出版日期／2013年9月　定價／250元

獨立作家
Independent Author
寫自己的故事，唱自己的歌

最後50個希望 / 顏志豪作. -- 一版. -- 臺北市：獨立作家,
2013.09
面； 公分. --
ISBN 978-986-89761-3-9 (平裝)

859.6 102014308

國家圖書館出版品預行編目

讀者回函卡

感謝您購買本書，為提升服務品質，請填妥以下資料，將讀者回函卡直接寄回或傳真本公司，收到您的寶貴意見後，我們會收藏記錄及檢討，謝謝！

如您需要了解本公司最新出版書目、購書優惠或企劃活動，歡迎您上網查詢或下載相關資料：http:// www.showwe.com.tw

您購買的書名：________________________________

出生日期：________年________月________日

學歷：□高中（含）以下　□大專　□研究所（含）以上

職業：□製造業　□金融業　□資訊業　□軍警　□傳播業　□自由業

□服務業　□公務員　□教職　□學生　□家管　□其它_____

購書地點：□網路書店　□實體書店　□書展　□郵購　□贈閱　□其他

您從何得知本書的消息？

□網路書店　□實體書店　□網路搜尋　□電子報　□書訊　□雜誌

□傳播媒體　□親友推薦　□網站推薦　□部落格　□其他__________

您對本書的評價：（請填代號　1.非常滿意　2.滿意　3.尚可　4.再改進）

封面設計____　版面編排____　內容____　文／譯筆____　價格____

讀完書後您覺得：

□很有收穫　□有收穫　□收穫不多　□沒收穫

對我們的建議：________________________________

____

____

____

請貼
郵票

11466
台北市內湖區瑞光路 76 巷 65 號 1 樓
獨立作家讀者服務部 收

（請沿線對折寄回，謝謝！）

姓　　名：＿＿＿＿＿＿＿＿　年齡：＿＿＿＿　性別：□女　□男

郵遞區號：□□□□□

地　　址：＿＿＿＿＿＿＿＿＿＿＿＿＿＿＿＿

聯絡電話：(日)＿＿＿＿＿＿＿＿(夜)＿＿＿＿＿＿＿＿

E-mail：＿＿＿＿＿＿＿＿＿＿＿＿＿＿＿＿